슬픔도 태도가 된다

전영관 시집

문학동네시인선 141 전영관

슬픔도 태도가 된다

2부 다짐 비슷한 습성

3부 비다듬는 다정

4부 사람은 그리지 말고 꽃만 보는 것

1부

나무에 걸린 은유

회진

그가 오면 아침이 새뜻해진다
막연하게 자신감 생기는 것이다

능숙한 의사같이
쭈그러진 어깨를 펴주고
무릎을 칼날로 세워준다
굴종의 자세로 늘어지는 삼겹살
환멸의 증거로 널브러진 토사물
타협의 지분으로 뒤섞인 찌개 냄새들을
벤젠이라는 항생제로 치료한다
새물내 나는 옷을 곧바로 입는 것보다
어제 입었던 셔츠가 편한 까닭은
나만 편들어주는 체온이 남아서겠지
눈치가 태도로 남아서겠지

환절기에는 병원마다 감기 환자로 줄을 선다

세탁소가 벗어놓은 옷으로 그득한 것은
삶의 자세를 바꾸면 아프다는 뜻이다
품은 맞는데 기장이 짧은 미흡처럼
일상은 무언가의 트집을 무릎쓰는 일이다

물러서는 파도를 따라 잔걸음질치다가

되돌아서는 일이 호기심 때문만은 아니다
보낼 때 확인했는데 배달되면 주머니마다 손 넣어본다
누구에게나 초인종 누르고 도망가는 악동이 있는 것처럼
실망에 실망하지 말아야지

세탁물 들고 회진중인 그가 돌아서는 순간
풍기는 벤젠 냄새에서
휘발(揮發)이라는 망각을 생각했다

한파주의보

지금 3월을 생각한다는 것은
미리 달려가 권태라는 벌을 받는 일
등마다 서릿발 무늬를 짊어진 겨울의 유민이 되어
봄 제국 앞에 입국심사를 기다려야 한다

동창의 불행을 소문내는 척
애틋하게 혹한을 설명하는 기상 캐스터의 짧은 원피스에서
이물감이 올라온다

불 꺼진 난로라도
보는 순간 손부터 꺼내는 습관을 잊을 때쯤
3월이 스민다

혼음하듯 외투에 매달린 악취들에서
번다함을 느낀다 한쪽으로 닳은 뒤축에서
생계의 편벽(便辟)을 동정한다

지난 달력의 기념일들을 옮기다가
꽃 따위에 대한 기대도 없이 3월에서 멈췄다
그날들을 더이상 표기하지 않을 때
소멸을 생각한다

버스에 탑승한 이상 언젠가는 하차해야만 한다

쌓아놓았던 나이를 다 뜯어먹은 노인마냥
폐허를 경유한 사람은 수궁의 기술을 안다

노숙인의 저체온증 사망과 빙판 사고처럼
겨울은 패배나 착각에 대한 관용이 없다

텀블러의 무표정을 오후 내내 바라보았다

허밍

풍경이 유리잔처럼 얇아서
10월은 쉽게 금이 간다
예민해져서 상심이 잦아진다
환절기의 그리움은
10월에 장미를 보러 가는 일

전부가 붉은 파도인 것 같아도
이파리를 손에 들고 보면 다른 것처럼
사랑은 보는 이에 따라 채도가 달라진다

함께 서 있던 나무를 보는 감정은
음정이 조금 틀린 허밍 같은 것
곁이 빈 나무 사진을 보냈다

단풍잎은
연애를 시작하던 심장같이 뜨거운데
날카로운 외면의 끝에 찔리고도 말하지 않았다

잠은 죽음만큼 깊었는데 꿈도 짧아서
새벽은 미완성인 채로 시작된다
연락도 없이 연락할 것 같아
10월엔 주말 약속을 머뭇거리게 된다

갈꽃은 진 후의 여운이 길어서 아프고
저 붉음이 퇴색할 거라는 상심만 진해진다
오르내리는 일기에 병열(病熱)도 앓는다

단풍은 잘 팔리면서 저평가되는 연애시
흔적만 남고 통증 없는 무릎의 흉터

처방전

짐승은 몸이 아프면 먹이 활동을 멈춘답니다 우리들 측면에선 단식인 셈입니다 몸을 비우고 기다리는 일, 내면의 번다함이 가라앉도록 말미를 주는 일입니다 스스로를 들볶는 일도 멈춰야겠죠

몸이 아프다는 사람에게 무어라 보탤 것은 없고 마음만 앞선 탓입니다 나름의 처방을 내렸고 탕약도 지었습니다 달여서 인편에 전하겠습니다

처방 하나: 하루치 연료를 보충하는 아침은 꼭 챙겨야 합니다 체에 거른 햇살이니 미온수에 섞어 마시면 몸도 마음도 더워지고 체온을 유지할 겁니다 꼭꼭 씹을 때마다 간밤의 악몽이 바스러지도록 신경계를 조절했습니다 싱거운 농담도 넣었으니 계란찜이 짤 때 곁들이면 좋겠습니다

처방 둘: 악력(握力)을 첨가했으니 어깨 결리는 저녁에 효과가 있을 겁니다 엄지손가락은 소화불량으로 명치끝이 뻐근할 때 요긴할 겁니다 과용하다가 의탁하는 습관이 생기면 후일 더 큰 상실감에 시달리게 되니까 유의해야 합니다

처방 셋: 점심은 황제처럼 먹어야 한답니다 식욕보다 평온함이 비만도 예방하고 효과적입니다 아침에 마신 약이 정오 무렵 발현됩니다 누구와 무엇을 먹더라도 만끽할 수 있도록

일상에 휘둘린 마음을 다스려줄 겁니다 현재에만 만족한다는 고양이의 하품을 넣었습니다

처방 넷: 봄바람을 채집해 결이 고운 쪽으로 넣었고 붉은 구름을 잘게 썰어 섞었습니다 고운 빛 덕분에 마시기에 수월할 겁니다 이 약은 서서히 마음을 제어해 산책을 자주하게 됩니다 저절로 운동하게 하니까 소화도 돕고 숙면에도 효과적입니다

처방 다섯: 베갯모 오른쪽엔 종달새를, 왼쪽엔 뜸부기를 새겼습니다 오른쪽으로 눕는 습관을 예상했으니 아침마다 종달새 지저귐을 들으며 깨어날 겁니다 오랜 불면은 탕약으로도 다스리기 힘들 것 같아 비방을 사용했습니다 후유증만 아니라면 팔베개가 특효이긴 합니다

처방이라면서 염려만 언급했습니다. 식약동원(食藥同源)이라 했으니 섭생에는 끼니가 으뜸입니다

나무에 걸린 은유

내 안의 꽃이 다 지고 난 후에야
비로소 꽃이 보인다

만발해 너울거리는 자태보다
잔바람에 떨어져 낡아가는 꽃잎들이 먼저 보인다

하, 저 꽃잎들은

어미를 잃고 헤맨 어린것의 발뒤꿈치
저를 감당하지 못해 야반도주한 청춘
이별을 참다가 뛰쳐나와 진흙 묻힌 버선
바람같이 근본도 없는 것들하고 섞이느라
평생이 한나절인 듯 녹슬어버린 몸
사랑 따위에 발목 잡혀 승천하지 못한 선녀들의 군무
왕자나 기다리는 신데렐라들의 순은 구두
죽음만큼 나른한 저승의 봄을 옮기는 나비 날개
하늘을 연모한 까닭에 나무에 피어난 수련(睡蓮)
다림질하며 오시는가 바라보다 태워버린 버선
삼천배 앞에 미소 짓는 애기보살의 무릎
세상에서 하나뿐인 백옥을 캐다 스러진 광부의 아내
거문고 없이 앉아만 있어도 취하는 기생 손목
이마에 붙이면 지옥도 면하는 부적
보름이면 달빛을 음미하는 신의 숟가락

전생을 돌고 돌아온 저 하뭇한 숭어리들을
목련이라 감탄하겠다

폭설 카페

북방으로 떠나기 맞춤인 날이다

눈송이를 헤아리는 당신에게
탁자에 훙건한 커피 향을 챙기라고 눈짓한다

솔개처럼 날아갈 생각을 했다

활공이란 허공을 미끄러지는 새들의 기법
눈 내리는 날의 상상들은 위험해도 푹신하다

나의 북방은 안온할 것

발정에 겨운 수컷 순록들이
뿔 부딪는 소리에 하르르
자작나무 가지의 설화(雪花)가 쏟아지는 곳

우리의 북방은 분주할 것

어둠 속으로 살금거리는 들짐승들 사이
어미 여우가 꼬리로 가만가만
젖먹이들 칭얼거림을 덮어 재우는 곳

당신은 아내여서 북방의 끼니를 예감하는지

눈빛 자욱하다

눈구경 하느라 창가에 서 있다가
순록에게 배운 듯 우쭐거리며 자리로 돌아온다

토끼나 쫓다가 도끼마저 잃어버린 나무꾼처럼
자발없이 웃어본다

일요일

붐마이크 대듯
청소기 들고 방바닥과 인터뷰한다

맨발을 읽은 바닥은
진실을 아는 자의 무표정을 견지한다
구석마다 실망의 잔재들이 웅크려 있다

밤마다 먼지의 속도로 가라앉았을 침묵이
청소기 회전음에 편승해 왕왕거린다
겉보기에 무겁지만 침묵은 가려움 비슷한 것이다

모르게 이별을 준비한 애인같이
식탁의 유리컵이 떨어져 박살났다
투명한 척하는 것들의 위선이 싫다

청소기를 꺼버리니 라디오 소리가 들린다
잊었던 애창곡이다
저 혼자 죽어라 애썼던 건 아닌지
그 속수무책의 막막한 사람을 돌아본다
주문해놓고는 반갑게 맞이하는 택배처럼
선지불한 감정들을 잊어야 명랑하게 산다

먼지받이 통을 열면

먼지만큼 몰랐던 불운들이 가득했던 것 같아
덜컥한다

제대로 질문하지 못해서
다 듣지도 못해서 물걸레 청소기를 추가한다
회전한 물자국이 남는다
지금까지의 모든 끝은 소용돌이였다

어성전*

검은 이불을 끌어당기듯
여울이 산그림자를 덮는다

나란히 세워두고 거둬 먹이는 느릅나무 물푸레나무도
우는 어미 등뒤에 머뭇거리는 아들들같이
침묵의 먹물 속으로 들어가는 것이다

맑은 날이면 별들이 봉싯거렸는데
객지 나갔다 술 취해 들어온 아버지처럼
눈발은 따귀와 등짝을 가릴 것 없이 몰아친다
어깻죽지가 부러지도록 눈을 짊어지는 날이면
전나무 생살 찢어지는 소리가
여울에 실려 동해로 내려간다
술 깨듯 눈이 그치면
마당으로 날아가 엎어진 사발처럼 고요히
모든 것들이 웅크리고 서로를 다독인다

여울은 은어가 올라오는 물길을 터주고
꺽지의 억센 가시를 다스리면서
열목어의 눈 붉은 과거사를 품어준다

겨울 물소리는 듣는 사람만 듣는다더니
불을 끄고 누우면 정수리부터 몸으로 들어온다

목덜미를 서늘하게 하고 가슴에서 소(沼)를 이뤄
맴돌다가 언제인지 모르고 잠들듯 흘러나간다

저녁의 전부를 실토해도 양양 바다는
어김없이 아침인 것이다

* 양양 남대천 상류 계곡.

비 오면 누구라도

카페 이층 창가에 앉았다
지하철 출구의 행인이 우산을 펼쳐 쥘 때
왼손인지 오른손인지 신과 내기했다
이기면 숙면 한아름을 받기로 하고
지면 한 달 치 적막을 떠안기로 했다
흡연실에서 라이터를 켜다가
예언을 떠벌이다 틀린 제사장마냥
번제의 불길을 떠올렸다

좌우가 시틋해져서
행인들 발걸음의 라임만 짚었다
우산에 내재된 다정도 모르고
좌우라는 태도에 매몰되어 빈정거렸다
겨울비에 전부가 젖는데 사막을 느꼈다
의지로는 멈출 수 없는 감정들을 생각했다

사랑의 부산물을 순화하는 망각 기술
파탄을 회생시키는 포용력 같은 것들을 걸고
다시 신과 내기하고 싶다
상대 없이 혼자니까 이겨도 필요 없겠지

첫눈에 왼쪽을 느꼈다면
그니를 기다릴 거라는 암시

오른쪽으로 기운다면 미래를 신뢰한다는 뜻이다

애인이 생겨 우산을 쓸 때
심장이 가까운 왼쪽에 서라고 하겠다

풍문

이러시면 큰일난다고 울먹이는 막내
링거 자국 어지러운 아비의 팔을 잡아 흔든다
장남은 바위라도 깨버릴 듯
주먹 쥔 채 돌아선 등이 출렁거린다
응급실에 실려간 이후로 처음 피운 담배 연기가
등신, 네 갈망은 원래 이런 맛이었다며 비웃는다
입원 한 달 만의 외출에 저지른 짓이
별일 없다고, 이번만 꼭 한 번이라고
담배를 피워버린 것

돌벅수만큼 든든한 아들들은 제 눈물에 잠겨 있다
눈만 마주쳐도 울음이 흥건해지는 아비에게
아들 둘과 아내가 새로 보였다

저 집 외아들 실려갔다고
대주(大柱)가 쓰러졌으니 큰일이라고
보기 드물게 시부모 모시는 음전한 며느리네라고
뒷산 단풍나무들이 수런거렸다
구절초 같은 며느리의 울부짖음을 들은 나무들
얼굴 붉었다
해쓱해진 가족이 하룻밤 외출해 웅크렸다가
현대식 지옥으로 되돌아간 어느 가을날

정전

우리의 안정감이란
불이 들어오고 있던 것들이 제자리에 있을 때
스치는 실망 같은 것

무람없이 서로에게 불행이라는 먹물을 끼얹다가
불이 들어오면 아무 일 없었다는 듯이
안부를 묻는 생활에 익숙해지면
후일담에 대처하는 방법들을 알게 된다

훔쳐간 것도 없으면서
도둑고양이라는 누명을 쓴 것처럼
거리의 흔해빠진 애정은
이기적 착각의 부작용

어둠 속에서 네 이마가 희미하게 빛났다
어둠은 태어날 때마다 신선하다며
사랑과 이기심은 이복자매일 것이라고
보이지만 안 보이는 척했다
사람을 아는 척했다

형광등이 심약한 증인처럼 한 번 깜박였다

가까이

완치는 없다 한다

발음은 반듯해지고 걸음까지 정상이라 대답했다
파르티잔 전법으로 시도 때도 없이
마비 후유증에게 습격당하는 왼쪽 몸이
난감할 뿐이라고 웃었다 불안을 감췄다
말끔하게 병을 씻어낸다는 완치는 없고
근처까지는 도달한다는 뜻으로 근치(近治)라고
의사는 항우울제 같은 미소를 내민다
선생님 혹시, 애착을 아시느냐고 물을 뻔했다
도무지 닿지 못할 것만 같은 사람을 향해
무작정 출항하던 청춘의 새벽을 기억하느냐고
낭만을 비웃을 뻔했다
액자에 넣어두고 싶었던 밤을 후회한 적 있느냐며
그런 상처야말로 완치가 아니라 근치일 거라고 동의했다

사람마다 서로 다른 근육이 마비로 남은 탓인지
92병동의 뇌손상 환자들 표정은 제각각이다
인지가 살아난 그들의 표정은
망가진 육신에 슬픔이 도착하면서 모두 비슷해진다
근치 판정까지 받은 나는 왜 그들과 흡사한 표정인지
도무지 도달하지 못할 것만 같은 완치는 어디인지
가만가만 왼손을 만져보는 것이다

정선 몰운대

나무와 사람은 슬픔의 속도가 다를 것

투신할 것도 아니면서
새들의 높이에서 아래를 보면
사랑의 문장이 바람에 흩어지는 것 같아
아프다

나무의 슬픔은
천 갈래로 몸이 갈라지고 뒤틀리면서
백 년 동안 천천히 머무는데
어제의 상실과 몰락 따위를 한탄하였다

벼랑을 움켜쥐고 선 소나무는
몸피를 키우는 일보다
쓰러지지 않으려 뿌리만 더 굵어졌을 것이다
보잘것없는 것들이나 차지하려고 악력을 키웠다
건성으로 타인의 역경을 칭찬하듯
드러난 뿌리들을 감탄하였다
애련(哀戀)을 앓는 이에게 여기를 권하겠다
하늘을 우러르면 슬픔도 흩어질 것
백년 소나무 곁에 앉은 채로 풍장을 치러달라고
바람에게 부탁했다

명랑극장

날이 덥거나 지독하게 추우면
신기하게도 옛일들이 생각나지
부르면 돌아볼 것만 같은 그림들이란
이를테면 이런 신파극

찜질방 들머리 갈비탕집에 모인 세 식구
팔뚝만한 갈비 살점을 발라내던
사내가 맞은편 아내를 보고는 우는 장면—1

부르튼 입술에 바른 허연 약 때문에
코 흘리는 바보처럼 보이는 사내에게
아내가 한사코 국물을 덜어주는 장면—2

셋이서 두 그릇만 시켜놓고
공깃밥 두 개를 말아넣어 숟가락들이 오고가다가
당신은 앞니가 잘 맞으니 뜯으라며
아내가 나머지 하나까지 집을 때에야 히죽거리는
사내의 야윈 뺨에 잡힌 주름이
가난이라는 내복에 잡힌 주름 같은데
내복 입었다고 자랑하면 어색한 것처럼
흔하고 싫증나고 유치한데 다시 보게 만드는 장면—3

공깃밥 나눠 먹고 배가 부른 건지 마음이 푸근했는지

맵찬 저녁 바람에도 싱글벙글 들어선 찜질방
사람을 물에 말아놓은 형국인 욕탕 구석에서
아들이 비루먹은 사내의 등을 밀어주는 장면—4

난민선 갑판 같은 난리통 찜질방에
보얀 빰으로 둘러앉은 조금 전 갈비탕집 세 식구
집안 내력인지 팥빙수 한 그릇에 세 숟가락이 모여 벙글거리는데
바닥에 가라앉은 팥을 듬뿍 건네는 장면—5

극장 간판 그리던 시절의 간판쟁이 솜씨라면
배려를 신파로, 소심을 다정으로 그려냈겠지
장면 1부터 5까지가 촌티 나고 군내 나는 명랑극장
내복 입은 사람은 공짜라고 너스레 떠는 가족극장

첫

새벽녘에 쏟아진 첫눈이란
다채로운 지옥의 복권
천국의 지도층들이 지루해서 시전(始展)하는
복지사업

입대 실연 취업 등등의 역은 거치겠지만
첫눈은 청춘으로 직행하는 승차권이다

눈을 달가워하지 않는 중년 사내인지
화단의 소나무가 어깨를 턴다
인간이니까
이토록 기대감을 버리지 못하는 거라며
생의 사소함을 절감했다

인간은
노력하면 노력할수록 방황하는 존재

기대를 남발하는 신을 비난하며
젖은 구두코와 목도리에 엉긴 눈송이들을
이유 없이 생각했다
신으로부터
가장 멀리 떨어져 있을 때의 나도 떠올려보았다

하룻밤의 마법을 표절하고 싶어 백지를 꺼냈다가
첫눈은 실망이라는 은유로 엮어버렸다

다시 또 쏟아질 듯
헤식은 눈구름이 남아 빙글거린다

연말

후회는
시간이라는 책의 부록 같은 것
한 해가 또 넘어간다는 예감은
허공의 칸을 나누는 일

올해의 원고를 정리하다가
사나운 슬픔은 괄호 안에 넣었다
사랑한다는 말은 사막에 떨군 눈물이니까
스며들지 않도록 밑줄 그었다
생계를 망치고 우는 친구가 영영 가라앉을 것 같아
녹색 잉크로 이름에 동그라미 치고
풍선을 달아놓았다
폭설을 뚫고도 그예 가겠다는 사람 앞에……
낙상하지 말라고 말줄임표를 깔았다
오후의 적막은
젖어 반짝거리는 애완견 코가 말라가는 것을
혼자 바라보는 일
사람과의 하루가 버거울 때는
저녁의 무릎이 다 젖도록 강변에 앉아보자 했다

어디 있어도 찾아올 테니까
식구들 이야기는 뒤에 두었다

젖은 책이 다시는 새뜻해지지 않듯이
후회는 사소한 불가능을 인정하는 것
눈물 따위로 갈피를 적시지 않는 것

저지른 일들이 궁금한 신이 책을 보려 한다면
임종을 결정한 후에 읽으라 했다

취소

책상에 앉아 있다가
창밖을 보니 갇혀 있는 느낌이다

남쪽으로 태풍이 지난다는 예보가 있었는데
벚나무가 바람 속 비 냄새를 맡고 뒤챈다
꼼짝도 못하는 것들이어서
나무는 촉이 생존력이다
나무보다 못해서
약속에 갇혀 꼼짝도 못하면서
낙담만 한다

구매하고 한 번도 신지 않은 구두가 희망이라면
한쪽으로 뒷굽이 닳은 구두를 권태라 해도 되나
게워내듯 부글거리며 부패하고 싶은데
냉장실에 갇혀 억지로 싱싱한 척하는
요구르트의 표정을 강박이라 해야 하나

상대에게 자신 없고 공감하지도 못하면서
의지하며 반색하고 의심하며 두려워하는
양극단만 출렁거리는 사람은 부담스럽다

편애는 감춰둔 미움이 많다는 뜻

밑줄로 끄덕이던 책의 직관들조차
며칠이면 타인의 진술처럼 희미해지니까
오늘의 감정이라는 밑줄에 휘둘리지 않아야겠지
수시로 갈등하면 하루마다 환절기를 앓는 것

약속 잘 지킬 것 같은 해바라기를 화병에 꽂으면
환해서 잠 못 들지 않을까

2부

다짐 비슷한 습성

후유증

불행은 물고기 눈 같은 것
덮어지지도 않고
잠들지도 못한다

제 당혹에 맞는 피난처가 없는지
바람은 몸부림치며 골목을 휘젓는다

유연한 척하는 고양이 걸음에서
적응을 거듭한 애틋함을 공감한다
마비로 몸이 기울어질 때마다 한탄만 했다
고양이 눈은 현실의 두려움이 응집되는 초점
살아내는 모든 것들의 불안을 암시한다
아침마다 체육관에서 애를 써도
잠만 자는 고양이만큼 유연해지지 않아서
졸렬하게도 그 몸짓을 부러워했다
걸을 때마다 걸음의 리듬을 배반하는
왼발의 후유증 때문에 재활 의지를 의심받고
의료용 긍정을 한 다발씩 처방받았다

야린 이파리들이
징그러울 정도로 건강해진 동네 공원

제 존재를 증명하려면

더욱 차가워져야 하는 눈사람이 된 양
피가 돌지 않아 차가운
왼발을 뭉치듯 주무른다
왼쪽만 닳은 뒤축을 보면
세상이 통째로 기울어진다

노을은 작고한 무명 시인의 습작 노트
시편마다 마지막이다
몸이 우중충할 때마다 낙담하며 고른
내일의 날씨를 동쪽에 걸어두었다

신사역

신혼시절의 아침은
침까지 흘리며 졸다가
앞에 선 여자와 눈 마주치는 순간들이었다

그 와중에 남편이라고 기대어 졸면서
아내는 어깨에 허옇게 분을 묻혀놓았다

세게 밀면 엎어질 것 같고
힘을 빼면 앞서 오르는 만삭의 아내가 힘드니까
남편에게 기대자니 미안하고 남편도 힘들 테니까

출근길마다 우리 부부 신사역 계단에서
서로에게 뿌듯한 균형을 찾았다

지상까지 올라와 뒤뚱거리는 그 걸음을 보며
살림살이만은 뒤뚱거리지 말아야겠다고 다짐했다

맞벌이는 온갖 편견들과 맞서는 일이었다
넥타이를 고쳐 매었다

출산휴가 눈치보다가
아내는 토요일까지 꾹꾹 눌러 근무 마치고
월요일 정오에 첫아들을 낳았다

아침 굶어 해쓱한 얼굴
부어올라 위태로운 발목과 균형 맞춰 덜어줄
그 무엇도 없다는 것을
아이들이 뛰어다닐 때에야 알았다

카페 차희(茶喜)의 수사학

월급쟁이에게는 고양이의 낮잠을
우울에는 종달새의 지저귐을
결리는 어깨에는 씨름선수의 악력을
시인에게는 바람까지 번역할 수 있는 사전을
노숙자에게는 배부르고 안온한 다람쥐 굴을
숫기 없는 청년에게는
암컷 거미에게 잡아먹힐 각오로 다가서는 수컷의 심장을
정원 속 어느 하얀 분수가
창공을 향해 한숨짓듯이*
나태를 낭만으로, 무능을 여유로 착각하는
룸펜에게는 개미 발을 블렌딩하겠다

농담이 잦은 자에게는 초승달의 고요를
시 따위에 겉멋 든 자에게는
아이들 학교 수업료 고지서와 공과금 최고장을
성추행을 일삼는 축들에게는 돌부처 손바닥 가루를
조소와 곁들여 강권하겠다

천 가지 차를 다루는 바리스타
천희(千姬)**와 카페를 열겠다
천희와 개업해서 금빛 햇살도 깊숙이 들어온다
향기를 흘릴까 미동도 않는 꽃처럼
봐달라고 칭얼대지 않겠다

차(茶)와 즐김(喜)이라는 상호처럼
뜨겁고 차갑고 달콤한 향취의 원탁을 넓혀가겠다

세상의 모든 꽃들이 재촉하는 개업일은
진달래가 개나리처럼 웃는 날
낮달이 카페 위에서 빙그레, 멈추는 날
당신이 음울하고 무료하고 헛헛해서
외출하고픈 날

* 스테판 말라르메의 「한숨」에서.
** 백석의 시 「통영」과 「야우소회」에 등장하는 인물.

대관령

오래 앓고 난 사람마냥 가만히 앉아 있었다
한 발 제치면 바다까지 처박힐 것만 같은
영동 쪽 급경사가 외려 편하게 느껴진다
영서 쪽에는 저녁이
회복의 뒤끝보다 길게 누워 있다

마비가 풀리고 정상으로 돌아오니까
박차고 나가 무엇이든 해보고 싶었다
잃어버린 모든 것들이 되돌아와 선택지를 내밀었다
자유라는 형벌에 처해졌다*
갈망의 합병증은 불안이었다

호랑나비 고치는 나이들어 임신한 여인같이
바스러질 듯 볼록하다
꽃의 끝은 외면이 아니라 침묵이라는 듯
산철쭉이 바람에 흔들리다가 조용하다
깨어났는데 편마비에 절망했던 순간처럼
슬픈 기쁨을 오래 곱씹었다
하나를 주고 빼앗는 신의 편협에 실망했다

구름을 바숴 폭설로 흩뿌리려는지
하늘은 미간을 진회색으로 찡그리고 있다
건강하고 푸르게 어른을 사칭하는

침엽수의 상징성이나 돋보이게 하겠지
그에게 가까이 올라오니까 환히 보인다

부자였던 비렁뱅이처럼
잡목들은 철 지난 이파리를 달고 있다
환자복 무늬를 떠올렸다

* 장폴 사르트르의 『존재와 무』에서 신의 의지에 더이상 의존하지 않게 된 인간의 '자유의 공포'.

섬망*

병실에서 법고가 운다
북채의 타격음이 아니라 채로 길게 문지르는 소리
평생 독경으로 무두질했을 견고한 소리
간병인이 물수건으로 몸을 닦을 때
아프다고 터져나오는 소리
절에서 왔다는 혜운 스님이 운다
병들지 않았다면 음성도 우렁우렁할 스님
차가움과 뜨거움을 통증으로 착각하는 내 왼손처럼
물수건 닿는 자리마다 낯선 감각일 테지
거죽을 벗기는 듯 쓰라리고 화끈거리겠지
울음소리가 새벽의 바닥을 기어간다
통증은 언어 바깥의 것이다 알아듣지 못할 대화를
간병인과 나눈다 통증에 막다른 골목으로 몰렸나 싶으면
엄마……
엄마……
불경 필사를 했어도 절반은 마쳤을 노승께서
아미타불 대신에 엄마, 엄마를 부른다
부처는 넓고 크고 엄마는 깊고 질기다고 되뇌며
젖은 베개를 베고 돌아눕는다
아득한 소리를 따라 부른다

* 뇌경색 환자에게 나타나는 환각.

편의점

고양이를 잃어버린 표정으로 그녀가
까치들의 울음소리 입고(入庫)를 바라본다
종교 단체가 편의점보다 흔하다는데
배고프고 목마른 자들이 많아진다는 느낌이다
하나를 빼면 밀려내려오는 음료수 방식으로
신선한 불운이 채워진다
온장고에서 강제로 데워진 쌍화탕처럼
기계적인 다정이 팔려나간다
과자들은 뒷줄이 자빠지고 엎어져도
앞줄만은 각을 세운 채 단정한 척한다
계모의 밥상마냥 반질거리지만
손대면 차가운
도시락들이 어깨를 좁힌다
빵은 무표정이면서
보석상 들르듯 전자레인지를 거치면
살뜰한 애인으로 보드라워진다
시키면 무엇으로든 변신하겠다는 월급쟁이 자세로
컵라면들이 온수기 쪽만 바라본다
엉킨 포장 끈 풀고 있던 편의점 그녀가
널브러진 까치 소리를 쓸어모은다
높낮이 규격별로 정리하고 있다

나무공화국

입국사증 처리는 병력을 조회하는 것

노을만 보면 뇌리에 파란이 번지는 증상은 담당자와의 눈맞춤으로 통과된다 시선의 깊이만으로도 수심(愁心)을 파악하는 것이다

입국심사란 과거 행적을 파악하는 것

가을 산에 불지른 자는 인명을 해치지 않았고 묵은 갈피들을 뒤엎었으니 방화의 죄목은 면책한다 정서 교란범으로 경감된다 차후를 대비해 입국사증에 불꽃무늬 도장을 찍어두더라

서류 검사는 달의 뒷면까지 진술서를 받아내는 것

별을 떼어내 그니에게 건넨 청춘은 서약서만 징구한다 절도범 보호소에서 낭만범 교화소로 이첩된다더라

사랑한다고 맹세한 자는 확신범으로 우대된다

갈잎만큼 흔한 감정의 어음부도 사태를 피해
나무공화국으로 입국했다

일광을 향해 가지 벌리듯 인민마다 양팔 들어 찬성하는 곳
만장일치가 생계인 곳이니까 우리 다투지 않겠지
몸을 섞고 뒤엉긴 연리목보다
우리 앙큼하게 가만가만 뿌리로 더듬기로 하지

그늘의 넓이보다 뿌리의 깊이에 진력하기로 하지
우리 나무공화국 입국심사에 통과할 전과는 충분해

닿을 듯 말 듯한 거리에 나란히 서서 바람 불 때마다
손을 잡거나 겨드랑이 간지럼을 태우며
천년 나무로 살자고 했다
꽃같이 상심이 잦은 것들은 잊자고 했다

삼십 년
—1988년 11월 12일

사랑한다면 웃고
고맙다 손잡으면 눈물짓는 사람아

당신 덕분에 오르막을 쉽게 걸었고
당신 때문에 내리막에선 발밑을 살폈다

나는 왜
아내라는 안경을 써야
공부하는 아들들 등짝이 보이고
어머니의 굽은 등이 눈에 밟혔는지

혹한과 굴욕이 거듭되던 나날들에도
나 혼자만 아내라는 목도리를 감고
끄떡없다 우쭐댔다
반성이 후회로 굳어지며 습성이 되었다

나중에, 라는 노동에 숨은 각다분함이란
세탁기의 고단—청소기의 통증—냉장고의 불면—건조대의 다급—유리창의 민망—화분의 후회—우산의 예감

괜찮아, 라는 배려 뒤에 가려진 느른함은
미소의 파스 냄새—장바구니의 결림—라디오의 낮잠—TV의 고독—현관의 불안—귀가 전화의 안도—퇴직의 빈곤—갱

년기의 격려

우리 퇴적된 우환의 지층이 깊고
하, 많은 시대 형제 1남 4녀의 곰비임비가 다채로웠다
삼십 년 거듭해도 서툰 채굴사일 뿐
삼십번째 결혼기념일에 혼인 서약을 짚어보니
약속만 늘린 불량 남편이었다

상수와 고수

겨우내 머리 기른 바람이 문을 흔든다
숱 치고 바리캉*으로 끄트머리 정돈하면
장미와 팔짱 껴도 어울릴 꽃바람으로 변신하겠다

들마에 미장원을 서성이던 사내와 주고받는
말본새에 부부다 싶었다
그 남편 고급차 몰던데 흰 바지 입었던데
구두가 깨끗하던데 미운 것 없이 의심했다
친한 듯 호기심 부린 것 같아 마음 접질려
조는 척했다

덥수룩한 오후가 잡지책들 사이에 앉아 있다
창밖 건조대 수건들이 성숙한 나비처럼
샴푸 향기를 흩뿌리며 팔랑거린다
현기증은 거꾸로 선 세상의 고질병이니 수긍하라는 듯
회전 간판이 하루종일 돌아간다

손님하고 눈도 못 맞추고 수줍게 가위만 보는
피곤도 짧게 잘라 치워버릴 것 같은 은실씨
그 나이면 눅눅한 자리도 있을 텐데
드라이어의 명랑으로 뽀송하게 사는지
은실씨에게 머리 자르고 나면
거울 보고 으쓱해서는 가르마를 그어보는 것이다

뒷골목 미용실이면서 솜씨는 최고봉이다
돌아보니 어머니 마지막 파마도 해드렸던 곳이다
이팝나무 봉두난발을 빗질하듯 어우르고 비다듬는
햇살이 상수(上手)겠지만
동네 할머니들 청춘을 되찾아주는 은실씨 염색이
눈치 없이 힘만 센 햇살보다 고수(高手)다

* 프랑스 이발 기계 제조사 바리캉 마르(Bariquand et Mare).

수면유도제

신의 안검이 덮이듯 밤이 오면
신문 부고란에 투고하고 싶어진다

한파를 건너오느라 발 시린
슬픔만 과장된 바람에게 신을 신겨주고 싶다
폐지 할머니의 리어카를
보험이 필요 없는 나라로 밀어주고 싶다
등 돌리는 길고양이에게
사람을 버리듯 내게서 떠나는 몸짓이냐고
묻고 싶다

자동문보다 눈치 빠르게
벽만큼 신중하게 고민한 후에

애인보다 가까운데 실속 없는 편의점에서
부모처럼 수고롭고 멀지만 다 갖춘 마트로
개종하고 싶다

책마다 그득한 밑줄들을 낙서라고 지워버렸다
이전의 호감들은 오해였다고 끄덕였다
내 문장은 비문이라 낙담하면서
절창의 제국에 난민 신청 하고 싶다

연명치료를 거부하는 초월을 터득하고 싶다
건강할 때는 사소하다 흘려버렸던
사소한 것들의 목록을 되찾고 싶다
내 앞에서 먼저 죽는 참혹이 싫어서
나보다 오래 사는 사람과 살고 싶다

천국신문 부고란에는
입국하고도 이승의 얼굴을 잊지 못하는
바보들 이름이 등재된다

요양

섬에서 일 년만 살아보자던 약속을 했었다

바람이 통성명할 틈도 없이
반대편으로 건너갈 만큼의 조각섬이 좋겠다

부엌살림 트고 지내는 마을에서
면식은 불편한 생필품
아무도 모르게 축대 높은 집을 골랐다

우리는 시간에 흔들려도 떠밀리지 않는 해조류로 요양하겠지
당신은 아침마다 마당에 그득한 해무를 사발로 퍼내어
청포묵 무침을 내놓는 마법을 부리고
우리 고래 뱃속에 손잡고 누운 듯
어둠과 적막을 오래 살던 집으로 착각하곤 하겠지

항우울제 탓에 뜬금없는 내 말마다 자상하게 답해주는

당신 미소는 언제나 간이 맞았지

파도 소리는 등으로 들으면 서러운 것 같은데
해변 가까이 앉으면 보채는 소리로 들린다

바다에서 몸피를 키운 어둠은
뭍이 어색한 듯 고샅을 몰려 다닌다

희망은 조각섬의 자생종

몸이 우선해지고 일 년 살림을 정리할 때가 되겠지
다짐 비슷한 습성을 들이겠지

욕심껏 청춘을 양식하겠지

오 분의 일

형편이 두툼하고 나이도 많이 쌓아둔
큰누나가 점심이나 먹자 했죠

건강은 어떤지 자식들은 잘 풀리는지
얼굴만큼 비슷한 말본새가 오갔습니다
걱정과 웃음이 잡채처럼 버무려져 달곰하고 짭짤하고
어머니 손맛 같은 오후였습니다

우리 십억으로 나눠 먹자

왁자함 사이로 또렷하게 들었습니다
남동생 공부시킨다고 지지리 고생했던 누나
시어머니가 땅부자라던 둘째누나가
통 큰 결단을 내린 것입니다
십억을 오남매가 나누면 이억이고 매달 이백으로 나눠 쓰면 민폐 없이 살 수 있겠지 그 틈에 아낄 계산까지 했더랍니다

(음식점은 시끄럽고 음식냄새 나니까)
스타벅스에서 커피를 나눠 먹자는 말이었죠
스타벅스를 스벅이라 하는 줄 몰랐습니다 스벅이 분명 십억으로 들렸습니다
"십억으로 나눠 먹는 거야?" 하며 웃으니까 누나들이 당

황하는 것 같았습니다

형편 넉넉한 시누이들 앞에 우리 생활비 통장이라도 공개된 것마냥 아내가 젖은 눈 흘김을 던졌습니다 시(詩)에 취직하겠다더니 청력마저 가난해진 사내를 말없이 바라보았습니다

하늘 어느 변두리에서 비슷한 얼굴로 태어난 듯이
바람이 벚나무 가지 사이로 나뉘었다가 합쳐집니다
길게 앉은 공짜 봄볕이 으늑합니다
이억 생길 뻔했다고
빈 지갑 같은 뺨으로 히죽거렸습니다

새해라서 당신

붙박이장처럼 완고해서
당신을 숨막히게 했다
채칼 같은 단호함을 명쾌함이라며
타협도 없는 일곱 살마냥 우쭐거렸다
고장난 전기주전자여서 그칠 때를 찾지 못하고
불안하게 했다
후춧가루만큼 예민한 성격을 자상함으로 발전시키지 못했다
떨어뜨린 소금 그릇처럼 강퍅으로만 악화시켰다
가득찬 쓰레기통 속 나태를
머뭇거림의 매력으로 둔갑시켰다
내심 반성하면서, 부러워하면서
도마만큼 자명한 타인의 결단들을 무모함이라 빈정거렸다
냉동고같이 외골수로 지겹게 했다

깨진 간장 항아리로 쓰러져
당신의 통곡이 응급실을 채웠다

가족이란 천막 안에서
당신을 막막하게 했다
무관심을 고부 관계의 중립이라 착각했다
사위 노릇을 손님인 척하는 것으로 알았다
눈치 없음을 시라는 몰입의 부작용이라고 방심했다

동그란 뒷모습에서 태산의 바위를 느낀다
핏기 없는 미소에서 천 길 벼랑이 보인다
주방을 오가는 종종걸음에서 맨발로 걸어온 구만리도 보인다
당신을 문장의 중심에 모신다
고마웠노라 다짐해보면, 후회는 매번 앞질러 온다
행여라도 장병으로 누우면
간병인은 자처할 테니 염려 말라고 손을 쥔다
바보 같아 울대를 막는 나만의 당신
내 아내

오 분

컵라면에 물 부으면 자꾸
뚜껑을 누르게 된다

불합리를 엎어버리고 싶은 적 많았다
뜨겁다고 라면이 튀어오를 것 같아서
지그시 누른다

이팝꽃 다 떨어져 허기지는 거리

통닭 배달 청년이 오토바이에서 내려
경계석에 주저앉아 담배를 피운다
생의 결정권이란 저런 선택이다
빨래방 세탁기 앞에 앉은 사내가 졸고 있다
경험적으로, 버티는 자가 얼룩에게 이긴다
거리의 모두를 보고 들은 가로등은
겪은 자가 가지는 불행에 대한 우월감인 듯
눈도 깜박 않는다

꼬부라지고 딱딱한 것들이 공손해졌는지
퇴사한 선배 자세로 컵 안을 들여다본다
밥벌이 앞에서는
뻣뻣한 것들도 서로를 붙들 수밖에 없다고
느물거리던 상사를 떠올린다

단박에 국물이 벌게지고 간을 맞추는 수프에서
사장의 힘을 느낀다
술자리 토사물은 끝까지 참았다는 증거일 뿐
직급이라는 종이 뚜껑이 가마솥 뚜껑보다 무겁다며
등신같이 겁내고 살았다

편의점 간이 탁자에 앉아
직장생활 후유증들을 오 분 만에 누그러뜨린다
정규직 가로등만 야근중이다

3부

비다듬는 다정

준비

못 가져본 거라서
홈쇼핑에 주문했던 함박웃음은 반품했다

가라앉은 것 같으면 정신과 약만 늘어나니까
5월 하늘 표정을 구겨지지 않게 챙겼다

악몽은 침대에 널브러진 채로 손대지 않았다
서로 찌르고 물어뜯고 눈알을 파다가 시들해지겠지
귀는 바닥없는 우물
고여 있던 거짓말 짐작 안부 걱정 험담을 퍼냈다
처방전은 약 복용 기간 내내 아플 거라는 협박장
이번에 한 장 추가될 거니까 보관분을 버렸다
빈 병상이 날 때까지 기다리기로 했다
죽을 것 같은데 사치스럽게 화서(花序)를 생각했다
수사(修辭)와 미사여구를 구분 못하는 얼간이를 보면
던져버리려고 음식물 쓰레기를 미뤄두었다

집을 나서면
전생에 여자였을 소파와 변호사였을 TV가
서로 빈집 주치의라고 설전을 벌이겠지

며칠 집 비울 때마다
입원하는 환자같이 남겨지는 것들을 돌아보았다

무능한 신 앞에 앉은 무신론자처럼 병증을 호소했다
유능하다는 의사일수록 완고하다
내 오랜 고통을 자신의 확신으로 일반화할 때마다
내 영정(影幀)에게 절하는 그자의 표정을 상상했다

겸상

절름발이 연인의 걸음에 맞춰 걷듯
천천히 꾸준히 오는 저녁

나이든 남자의 눈물처럼
잠깐이지만 세상이 무거워지는 가을비

일기예보가 정확히 맞으면
안심되다가 두려워진다
밀려드는 어둠을 밀치고 방안을 지켜내는
형광등이 힘겨워 보인다
아내가 미소 지을 때마다 이 별 어딘가에서
목화가 푹신하게 피어날 것이다

매달려 버티다가 가을비 핑계 삼아
못 이기는 척
흙으로 돌아오는 이파리의 나날들이다
밥벌이 때문에
가장이라는 버스가 되어 과속했다
갓난쟁이 아들 둘을 태웠는데
청년이 되면 내릴 것이다
습성인지
의자가 비었는데도 한동안 노선을 돌았다

김치부터 된장을 거쳐 토닥이는 도마 소리까지
아내의 저녁 준비 속도에서 살림이 늘던 때를 생각한다
거쳐온 모퉁이들을 돌아본다
영혼에게 안부 건네듯 겸상하며
평생의 허기를 채우듯 서로를 먹인다

이미 다 들어찬 어둠을 슬퍼하진 않는다

중흥사
—허수경 시인을 추모함

아득한 곳으로 가려는 사람처럼
산길 초입부터 신발을 바투 묶었다

한 행(行)마다 나무 한 그루씩 들여놓고
행간에는 산국 향기가 채워진다
산벚과 단풍을 거느리는 갈참나무가 연(聯)을 이룬다
숲이라는 시집 시인이라는 숲
10월 끝물의 스산함을 단풍 불꽃으로 데워주고
만추의 양광(陽光)이나마 양껏 부어주는
산의 정령은 추운 사람을 안다
허수경 시인을 비다듬는 다정

부처보다 그리움이 힘세서
법당은 제쳐두고 고인 먼저 찾았다
갈잎이 구석에 몰려 부둥켜안고 있다
제가 약하다는 것을 알기에 강인한 것들
생전의 미소 같은 산국(山菊)은
보러 오라 나부대지도 않는데 사람이 스스로 찾게 한다
시인이라는 꽃의 자존심이겠지

숲이라는 만 권 시집이 절집을 둘러서 있다
바람 되어 행간을 거닐겠지 제목처럼 오도카니 앉아 있겠지

더는 나이 먹지 않게 된 고인의 사진 앞에 명복을 빌려
다가
시집에서 만날 것처럼 인사했다
마지막 인사 사십구재를 치른 절집에서
허수경이라는 빈자리를 되짚어보았다

영면한 자리는 독일 Alst 35번지 수목장 장례식장
염습도 않는 타국이니 먼길 추워서 어쩌나 싶어
힘껏 만추의 양광과 단풍 불꽃을 젊어졌다

연인*

피가 돌고 보드라운
그림자를 찢어내는 짓에 제목을 붙인다면
배신일 것

가시나무 장미와 아이스크림이 공존하는
네 몸에 들어가 짐승처럼 솔직했다
물이 끓듯 전율하다가 잦아드는
그 몸을 어루만지면 심장도 끓었다

사랑 앞에 두려움 없는 너는 천국으로
사랑만을 탐닉한 나는 지옥으로 갈 테니까
정사(情死)를 저지른대도 못 만나겠지

열일곱 소녀 발리 노이질**
네가 미소 지어서 찔레가 흐드러지고
유백색 누드가 되어 밤이 온다
시트가 구겨지고 체위는 격렬해지고
신이라도 침대까지 내려와서야
떼어놓을 수 있을 것이다

섹스는 나의 종교 나의 캔버스
사정 후 밀려드는 불능으로 순한 수컷이 되었다가
너와 닿기만 하면 사냥에 나선 짐승처럼 헐떡거렸다

죽음과 꿈을 구분하기 싫었다

선과 색으로 숨긴 치정과 탐욕을 찬탄하다가
열일곱 소녀 발리 노이질이라는 샘을 메워버렸다
백 년 후의 애호가는
메마르고 경련하는 선만을 가진 나를 비난하겠지
예술이라는 태도까지 의심하겠지

* 에곤 실레, 〈연인(Liebende)〉, 31.5×29.5cm.
** Wally Neuzil: 실레의 모델이자 연인.

담양호

신록부터 단풍까지
침묵으로 받아들여 물빛이 저리 진한 것

산그리메 고요한데
뼈까지 버려 보드라운 수면이
산허리를 빠짐없이 감싸안는다

과묵한 물빛은
천만 가지 애달프고 사늘한 사연들이 가라앉은 까닭

분가한 자식들 들여다보듯
물굽이마다 도닥거리며 찰랑거리고
수목을 키워 그늘까지 경영하는 정경 앞에 망연해
부모 기일을 헤아린다

실개천이었던 영산강 상류가
시큰거리는 어머니 허리로 굵어지기까지
작달비의 투정과 흙탕물을 받아안아
감탕이 두터이 퇴적됐겠지
자식들 올망졸망 앞에 앉힌 어머니처럼
하 많은 행락객들 기념사진의 배경이 되었겠지

호수에서 강을 읽다가 사람에게서 강을 회상한다

가을달(秋月)
훤하게 이마라도 씻고 가라 물 받은 뜻부터
슬하에 전답을 거느리고 거둬 먹이는 다정까지가
담양이라는 울림으로 저수(貯水)되는 것이다

외출의 유물론

금간 유리컵만큼 위태로울 때마다
세탁기의 현기증을 극복한다

커피포트마냥 다혈질일 것
냉장고만큼 욕심 많을 것
그러나 비누보다 능란할 것
사물들의 철학 강론에 끄덕거린다
겨울 코트가 지나간 것들의 냄새를 강요할 때마다
기억의 우선순위를 꼽아본다
선풍기가 과로한다 느껴지면
창을 열고 하루를 다독인다
ON, OFF뿐인
전등 스위치의 고지식함과 자신감이 부럽다
사람들을 꺼야 할지 켜놓아야 할지
망설이기만 한다

달력의 엄격함을 지겨워한다
진공청소기처럼 허풍만 센 것을 후회한다
울음들 바닥까지 긁는 주걱의 근육을 모방해본다

유물론에 침윤된 하루란
무균을 과장한 공기청정기의 음흉함을 경계하는 일
치료제를 사칭한 파스나 붙이는 일

육상선수인 듯 달리다가도 멈추면 휘청거리는
자전거의 지구력을 비웃는 일

환절기면 새 계절이 지겨워 반품하고 싶다
어젯밤 골라둔 아침을 창에 걸어놓는다
새 신발처럼 외출을 갈망하는 것이다

본색

물그릇을 기울이면 넘쳐흐르듯
꽃 보느라 몸 숙이다가
봄을 엎지르는 것이다

칼바람이 바닥나더니 초록도 반갑고
낮은 것들이 더 높아져서
씀바귀와 냉이가 보인다

겨울을 횡단한 자의 지혜를 흉내낸다
희망은 유지하기 힘겹고 쉽게 상해서
꽃보다 안전하고 가까운 풋것들에게 마음 기운다

귀인을 영접하듯 무릎 구부리고 바람꽃 보느라
오후가 서쪽으로 흘러가는 것도 몰랐다

피는 순서는 자식 입학일처럼 손꼽으면서
질 때는 다음 꽃을 기다리느라 수다스럽다
소화제처럼 흔한 서정이 싫증난다
단지 갔을 뿐이니 다시 내다보지 말아야지*

서로들 흩어지고 행방이 묘연해지면
힘만 센 근육질 초록들이 왕왕거리겠지
봄을 알아버린 소녀에서

여인으로 몸을 바꾼 목련이 목련 아닌 듯 서 있다
곧 번성할 꽃그늘의 깊이를 알려면
저 음전한 복화술사의 비법을 알아내야 할 것 같다

꽃이 가고 그늘이 오듯
사람이 지면 수심(愁心)만 진해진다

* 왕유(王維), 「산중송별(山中送別)」의 "단거막복간(但去莫復間)"에서.

초대

사람은 사람으로 지우듯
새 사람을 가져야 옛일을 잊는다
비린 새우젓으로 콩비린내를 잡는다

벚나무 가지에 앉은 동고비가
뛰쳐나간 후의 흔들림이 가라앉을 때까지
기다리듯 바라보는데

거실 그득히 비린내가 넘실거린다

물건마다 때 묻는 자리가 있는 것처럼

나와 같은 자리가 아픈 사람을 불러다가
콩나물국에 밥 먹이고 싶다
김치 얹어주고 싶다

비린내는 캄캄한 시루에 갇혔던 후유증

무엇이든 불가능할 것만 같이 단단한 콩이
사각거리는 미래로 자란다고 달래야지

건드리면 안 되는 곳이 있는 사람들처럼
서로를 살피겠지

바람의 발목이 가늘어져 나긋해지거든
아욱국 한번 끓여보자 약속한다

이른 봄비는
눈물 많은 전생을 돌아온 사람인 듯이
잘 마르지 않는다

근황

겨울이 긴 나라의 국경 상점에서
작은 칼을 샀다
끊어버릴 사람도 없으면서

유리창에 번지는 성에꽃에 눈을 베었다
염소를 해체하는 사내의 칼끝에 시선을 얹은 채
내부의 무언가가 떨어져나가는 듯한 착각을 반복했다
칼로 분리하듯
검지로 늑골 사이를 그어보는 것이다

이마가 허연 연봉(連峰)을 보면
신은 단독자가 아니라 자신들만의 묵계가 있는 것
그들은 다변(多辯)이지만
간구(懇求)에는 침묵한다

빙하는 일체의 소리들이 엎드린 장관
행락객으로 무리 지어 갔는데 칼날 같은 혼자를 느꼈다

구름은 엎질러진 차이 한 잔
천국은 안부 따위를 물을 필요도 없는 곳이니까
지상의 무정에 한눈파는 신이 건드렸을 것이다

만년설 위에서

표범과 마주쳤다는 허풍도 떨고 싶다
명지바람에 일렁이느라 수척해졌을 그대 앞으로
엽서에 근황들을 꾸리지만
문장들은 길 잃은 여행자처럼 흩어진다

현금 인출기

판로도 막힌 희망 따위를 양식해보다가
하늘로 방생해버린다
천국의 문 앞에 모여 있겠지만

희망과 가능성은 좌우가 같은 슬리퍼
변기로 걸음을 뗄 때에나 신는 것

하루는 예후도 나쁜 질병
양쪽으로 빤하게 분리될 것 같은
절취선을 따라가는 느낌으로 시계를 본다

불안에 대한 저작권은 없지만
해적판처럼 남용되는 것들이라서 몰수하고 싶다
불면 불운 불쾌 등 돌림자 형제들의 판촉 행사가
끊이지 않는다

한 달에 한 번
수면으로 올라가 숨쉬는 고래가 된 것 같다
숨을 오래 참는다면
그리운 사람이 없다는 증거다

부르튼 입술을 거울에 비춰보다가
주둥이가 헐어버린 횟집 수족관 우럭을 떠올렸다

최선을 다해 절망했겠지

다시 직업을 가지게 된다면
먹구름이나 치워주는 일을 하고 싶다
책임지는 것 외엔 무능한 가장이니까
맥락 없는 우환 앞에
신호등 달아놓는 부업이라도 하고 싶다

제야(除夜)

달력 마지막 장을 넘겼다
백지일 텐데도 뒷면을 보는 감정은
미련의 합병증

바퀴에 깔려 죽은 새는
스스로 결정한 포기의 결과인지
바퀴쯤 피할 수 있다는 자만의 파탄인지
한 해의 취사선택을 복기했다

달력의 칸은 단정해 보이지만 달걀가리일 뿐
희망을 허망으로 오독했다
내일은 버겁더라도 내 일이다
어쩌다 술자리의 계산대 앞에 선 것처럼
마지막엔 농담 같은 혼자였다
우뇌는 괴사하고
살아남은 좌뇌 하나로 버티느라
치사량의 현기증을 혼자 앓았다

다들 당하는데도
희망이나 다짐 따위의 면식범들만 활개쳤다
피 묻은 잇바디를 드러내며 배회했다
제야가 그들의 대목인 것이다
불신하지만 다들 구매하니까

행복이란 사은품을 붙여놓은
맘대로 며칠씩 지우고 잠적해도 되는
일인용 달력을 들여놓았다
숫자는 힘도 없는데 완강한 순서는 버겁다

기념일은 사람이라서 부대낀다는 증거
사람은 버리지 못하겠다는 애착
손 찔린 선인장을 버리듯 묵은 달력을 버리면서
독재자라도 된 양 몇몇은 회생시켰다

슬픔은 짐작할수록 사나워지는 짐승이라서
오지 않은 것들은 두려워하지 않기로 한다

독바위역

열차가 오지 않는다
직전에 다녀갔겠지 하면서 위로한다
안내판은 배려심 없는 정확함만 장착했을 뿐
불행을 늦춰주거나
행운을 앞당겨주지 못한다

납골당 유리문의 번호를 짚어보는 것처럼
사람들이 열차 출입문 번호를 찾는다

핸드폰을 들여다보는 청년들보다
눈감고 미동도 않는 중년에게 마음 기운다
이미 작정하고 내려왔겠지만
목적지가 결정됐을 때의 안도 비슷한 감정일 것이다
서로의 눈에서 자신을 찾는 남녀를 보며
만기인 줄도 몰라서 못 찾았던 적금을 떠올린다

서로 비슷해서 사랑하는 사이는 점점 변하면서 경악한다
차이를 애틋해하는 관계는 상대가 달라져도 파탄나지 않는다
결국, 사랑은 자기와 다른 것들을 다루는 솜씨다

지상의 기차는 솔바람과 들바람을 싣고 오지만
이보다 깊고 큰 하수도는 없다

지하철은 그 밑으로 스며나온 온 악취미들과 환멸을 채우고 다닌다
타락이란 원하면서도 그것에 이르는 길은 원하지 않는 것*

지하로 내려가려는 순간 하늘을 쳐다보게 된다
오지 않는 열차를 기다리는 희망이란
허기진 초승달이
토실하게 배불러진 곳을 목적지로 삼는 것
흔해진 목적지를 서로에게 알려주는 일

* 조르조 아감벤, 『행간』(윤병언 옮김, 자음과모음, 2015)에서.

문진

서늘해지는 체온이 힘겨워
꺼버리고 싶은 적 있습니까

고독이라는 가상화폐를 유통시킨 적 없습니까
천국은 지옥과의 대비로 증명되는 허상임을
확신합니까
본인 주위를 맴도는 악마와 마주쳤을 때
구면이라며 웃을 수 있습니까
새로 시작하는 일에 있어서
기도보다 미신이 강력하다고 믿습니까
만유인력처럼 지긋지긋한 무언가를 실감합니까
재개발지구의 폐허를 보면
사랑의 유적으로 회상합니까
연애는 서로에게 반려동물이 되어주는
사회적 구제 사업입니까
불면으로 괴로워하는 친구에게
양을 세느니 현찰을 헤아리라고 농담했습니까
벌목꾼의 수첩을 엿보았다면
등 굽은 나무에게 귀띔해주렵니까
미래란 도래하지 않은 불행일 뿐이라고
눈을 감춘 적 있습니까

문진(問診)은 과거와 현재를 편집하는 짓

청진(聽診)은 장기의 쿵쾅거림만을 듣는 만용

지금까지의 질문들에는
특정 대답에 대한 유도가 없고 암시도 없습니다
알리지도 않고 심해로 가라앉는 당신 손목에
부표(浮標)를 매다는 헛수고일 뿐입니다

4부

사람은 그리지 말고 꽃만 보는 것

안부

멀리서 보면
울음과 웃음이 비슷하게 보인다

타인은 관심 없고
제 것만 강요하는 우리끼리 잡담한다
겸손한 척 거리를 두는 습관을
우아한 외면 혹은 비겁이라며 조롱했다

우리들 하루란
칭병(稱病)하고 누운 사람을 문병 가는 일
잡아당겨보면 내부가 자명해지는 서랍처럼
거짓말하지 않고 지나가는 것

돌아서 안녕이라 손 흔들어도
우는지 웃는지 몰라서 편안한 거리를
그대들과 유지하고 있다

장마

비 오는데 물 구경 가요

창밖은 폭우와 우산들로 소란스러운데
뒷자리 사내의 통화가 들린다
아내와 장화 신고 웅덩이마다 잘박거리며
물 구경 가던 때 있었다
왜 상류를 보게 되느냐고 내게 물었지
다리 위에서 상류를 보면 꿈이 많은 사람
멀어져가는 하류를 보면 잃어버린 것들이 많은 사람
쿵쾅거리는 물발에 열중하면 얼핏, 현기증이 난다고
당신은 나란히 잡은 손에 힘을 주었지
물보다 빠르게 걸으면 넘어진다고
상류를 아는 어른 말투로
당신 젖은 어깨를 토닥거렸지
등뒤로 넘어온 생면부지 여자 음성이
부추전 지지는 기름내만큼 고소해
내 사람이라면, 하려다 웃는다

커피 식는 줄도 모르고 우산을 들며
신인배우마냥 대사를 중얼거렸다

비 그쳤는데 물 구경 갈까

기도

초면에 실례입니다만
신이시라면 저는 지나쳐주시기를

애착을 버렸노라 장담하면서
부글거리는 것들에게 시달렸다
무람없이 던지는 농담이 진심임을 들켰을 때
타인들의 악몽이 멀고멀다는 자만에 안도하다가
내 것으로 들이닥치는 참혹에 경악할 때

허기에 밀려
저 혼자 밥그릇 주위를 머뭇거리는
길고양이와 눈 마주쳤을 때
연어처럼 집에 가지 못하고
지하상가를 배회하다가
뒤척이는 노숙자를 보게 될 때
햇볕 아래 천천히
죽어가는 눈사람의 뺨을 만져보고 싶을 때

밤의 보폭이 느슨해진다

신이시여, 그대도 아마득한 거기서 외로움에 사무쳐
통증이 잦은 사람을 찾아와
이마를 짚어주었을 것이다

무시로 엄습하는 결림을 지워만 준다면
대가도 치를 의향이 있다고 기도했다

선물도 없으면서 지나쳐달라고 의심했으면서
지상의 난맥을 풀어달라는
억지만 떠넘기는 성탄 전야

파편들

액자를 떼어냈을 때 벽에 남는 자국을
애착이라 체념했다
액자 걸 자리를 찾던 설렘도 잊어버렸다

권선징악을 독과점한
신이 없는 세상이라서
사람에게 기대할 것들을 포기했다

이기심과 자기애는
단체 사진을 보면 제일 먼저 자신을 찾는 시선처럼
평생 앓는 배냇병이었다

바람은 근무지 없이 수시로 달려야 하는 알바생
해는 출퇴근 시간이 일정한 정규직이란 생각은
월급을 회상할 때마다 곁들이는 밑반찬이었다
레일은 만나지 못하는 비극의 상징이 아니라
닿지 않으려고 밀치는 혐오였다
토사물 같은 인간을 만나면 밀쳐버렸다

사랑은 참았다가 폭발하듯 피어나는
산형화서(傘形花序)일 뿐이었다
퇴색하는 속도 또한 같았다

늑골 순서들이 뒤바뀌는 것처럼 아픈 저녁이면
고장난 피아노마냥 서로 다른 음역의 단어들로
시집이라는 합창단을 꾸렸다
번호를 지운 애인을 보듯
문장을 비다듬었다

해피엔딩을 갈망하면서 불운을 곱씹는 까닭은
지나쳤던 해피엔딩을 체감하지 못한 때문이었다

내린천

상류를 보면 맑아지다가
하류를 보면 생각이 갈라집니다

저 물이 맑은 빈손으로 내 안에 들어왔다가
연민의 전부를 휘감아 내려가는 탓이겠지요

물행두 한 알도 온 힘을 다해야 영그는 것처럼
천지간 합심으로 이만한 내를 이뤘을 겁니다

물을 쥐고 있던 뿌리들이 하나둘 힘을 놓으면서
어린 물살들이 태어납니다
인제에 이르면서 허벅지 굵은 물살이 됩니다

너럭바위를 어루만지면서 휘감고 달래는 물발이
백년 묵은 매듭도 풀어줄 것만 같아
지병에 부대끼는 환자처럼
상심의 화농들을 죄다 내놓습니다

통증이 잦아들리라, 저절로 아물 것이라 기다리듯
하염없이 물가에 앉아 있습니다
이보다 큰 병원이 어디 있을까요

어둑발이 상류로부터 흘러들어 물이 진해집니다

단 하루간만이라도 짝을 찾겠다는 날벌레들 군무가
사무치도록 수면을 헤적입니다

태백성이 저 혼자 환했었는데
어느새 부엉이살림처럼 별들이 늘었습니다

다 아물었다 싶으면 단풍 먼저 기별을 넣고
내린천만큼 건강하게 돌아가겠습니다

단풍유혼(丹楓幽魂)

연속극처럼
신발끈을 고쳐 매주던 사람
몇 년 지난 음악회 티켓을
두 장인 채로 간직한 사람을 기다려요

10월인데 나란히 앉아도 될까요

실없는 약속들을 손꼽다가 붉어지고
의심하다가 단풍나무에 목맨 여자랍니다

계곡 건너 절집 명부전 귀신들도
핏빛에 취해 허공을 날고 뛰는 시절이죠

후회는 집어던지고 애통도 흩어버리고
그대 이마를 산들바람으로 간질입니다
허공에 둔 눈빛의 품이 헛헛하니 양팔로 두르고
곁이 비어서 이렇게 앉았답니다

시틋한 연애는 싫고요
죽고 못 살아 물고 빨고 보채고 징징거리는
뼈가 녹을 정도의 치정으로 엮이고 싶어요
아랫배의 온기만으로도 내 여자다 짚어내는
그런 남자가 돼주세요

집에 돌아와 신발끈을 푸는 순간
업혔던 누군가가 내린 것처럼
전신이 나른해지는 것이다
배낭에서 단풍잎 하나가 떨어진다

구름 감별사

먹장구름이 몸을 찢는 자해극을 벌인다
결말을 아는 사람들은 우산 아래로 피신한다

멈춘 것처럼 다가오는 저 구름은
바람 불 때나 기다렸다 몸을 옮기는 무능력자
본적지도 모르는 천애고아
노을과 컬래버 하는 공연기획자
정신과에서 애용하는 우울증 지표
천 겹 면사포를 두른 마법사의 애인
명랑한 척하다 오열하는 이혼녀
주야로 섞이고 섞는 공개 스와핑
전지적이면서 문자가 없는 신의 메모장
형용사가 따라잡지 못하는 아포리아

계모처럼 순식간에 소나기로 돌변하면서
뭉게구름이 폭신한 행복을 과장하고 있다
양떼구름은 자기 확신이 부족해서 몰려다니는 사춘기
학창 시절의 치기를 못 지웠다는 증거다
새털구름은 시비에서 한 발짝 떨어지듯 배회한다
연륜만이 표현 가능한 높이와 자세다
이슬비는 구름이 들킨 과거사
애련의 주인공처럼 흐느낀다

폭우의 결과를 뒤따르는 예보는 중계일 뿐이다
비겁은 용기의 반대말이 아니라
비겁이 편안해지는 때를 지적한 것이다
변화무쌍은 피로의 유사어
생이 버거우면 하늘을 보지 않는다
구름은…… 미묘해 몹쓸 것이라 감별한다

와온

노을은 햇살 기록영화의 엔딩 크레디트
구름은 상형문자로 된 자막

끼니는 때웠느냐고 개밥바라기별이 봉싯거린다
시커먼 뻘로부터 어둠이 올라와
천공에 번지는 모색(暮色)과 뒤섞인다
어둠은 폐부의 느긋한 압박감
햇빛은 두드리고 달빛은 토닥거린다

오랜만인데
잘 지내느냐는 안부를 준비 없이 받으면
엎드린 슬픔들을 흐트러뜨릴 것만 같아
대답 없이 머뭇거렸다

아쉬움이란
엔딩 크레디트 중간에 나갈 때 스치는 감정
하늘은 노을이 한창이고
와온 바다는 침묵을 시작한다
잘 익은 간장을 붓는 듯
펄의 낮은 자리부터 채워진다
망연히 앉았다가 일어서 서성이다가
습관처럼, 같이 온 사람을 찾는다

디테일

용서보다는 망각이 실용적이지

비극은 악마의 놀이터
분노와 비탄을 오가는 그네에 앉은 친구에게
과량의 수면제를 건넸다
관심받고 그칠 짓이면 포기하라 했다
위세척 후 응급실에서 가족들과 눈 마주쳤을 때
통속극처럼 힘없이 웃을 거라면
후미진 계곡에서 목을 매라고 추천했다
분노를 밀반입한 자는 자신이니까 책임지고
비탄을 주조(酒造)한 자도 자신이니까 변명할 수 없다고
협박하듯 위로했다
잊을 수 없는 일은 없는 것처럼
용서하지 못할 일도 없으니까 잊으라고
먼 친척 아저씨 투로 말했다
장난이라도 치는지 소나기와 뇌성 후에
거짓말처럼 날이 청명해졌다
친구가 겪는 통증의 깊이는 모른다
생에 대해 아무것도 몰라서 겁난다
흐릿하게, 살다보면 그럴 때 있다고 웃었다
신은 넓은데 모호하고 악마는 세밀하다

이사

미래라는 사치는 처분하고

노을이 긴 서향집을 얻었다
하루가 몰락하는 장관이 거듭되는 거기서
인생을 설계하라는 계발서를 비웃었다

희망이라는 꽃나무를 화분에 심어
말려 죽일까
그까짓 게 살아남겠지 하면서 농락했다

코에 물을 부은 듯 치솟게 하는
불안은 뇌전증 같은 것이라고 포기했다
채권추심인마냥 집안 깊숙이 들어온 햇살이
무례하게 가구들의 무표정을 더듬었다
근로계약서를 읽어보다가
합법적 불법을 획책한 자를 저주했다

희망은 천사들의 직업병

날짜 지난 연주회 이인용 티켓
나비 박제 몇 개
최선을 다했을 배터리들
납작하게 눌려놓은 알람 소리

먼저 살았던 이가 흘린 불면
다 들켰다는 듯 체념한 곰팡이들과 공존하며
미래보다 명징한 에덴의 서쪽*을 신뢰했다
희망보다는 다채로운 공짜 노을을 만끽했다

* 장승리, 「에덴의 서쪽」(『반과거』, 문학과지성사, 2019)에서.

무임승차

저녁의 오르막은 밭은 경사를 가졌는지
기차의 숨이 가팔라진다 끊어졌다가
내리막을 타는 듯 길게 내쉰다

무나물을 하려는지 청록색 냄새가 거실까지 엎질러진다 기름 튀는 소리와 들깨 한 되가 쏟아지고 통통거린다 뚜껑 열고 소금을 넣는지 콩나물 비린내가 밀물로 들어찼다가 물러선다 칼소리가 도마 위에서 기차와 경주하듯 달음질해댄다 배추 대가리 썰어내는 소리에 고드름 여럿이 부러져 봄이 온다

손 보태다가 훼방 놓을 것 같아 기다리지 싫어
압력솥 칙칙폭폭 하는 기차 소리에 무임승차해
무작정 잘했다고 할 것만 같은 곳으로 출발한다
오늘 하루 허기진 가장 없기를
진눈깨비처럼 아픈 사람은 일어나기를
저녁의 등을 가만가만 두드려본다

여덟시

지루함의 경계 바깥까지 걸어갔다
먼 친척처럼 저녁이 다가섰다
반가운 척해야 하는지 외면해도 되는지
중립인 무표정을 꺼내놓았다
어느 집의 반찬 냄새를 느끼며
둘러앉은 얼굴들을 떠올려보았다
낡은 삽화일 뿐이다
아침에 놓쳐버린 거미를 생각했다
길조를 망칠 뻔했다며 멈칫하는 사이
천천히 책꽂이 틈으로 들어갔다
다가오려다 머뭇거렸던 행운은 무엇일까
소용없는 일이면서
막막할 때마다 손금을 보았다
손금의 지류들을 타고 흐르듯
어둠이 온다
최선을 다해 오는 것이다
잡아줄 사람조차 없어 손이 어둡다

귀신

서로를 찌르는 가시덤불에 꽃을 놓다니
불행을 이겨본 사람이 장미를 육종했을 것이다

전생의 파경을 다 기억한 채로 환생한 여자와
고양이 발톱을 이종교배 한 결과가 이글거린다

눈썹달의 애틋함으로 화장한 여자가
같이 앉은뱅이 되자고 눈짓한다
장미인데 맨드라미를 느끼듯 징그럽다

볼 때마다 눈을 찔리고 심장까지 접질린다
자청한 지옥이라 과장했지만
숱한 사람들이 드나들어 낡아버린 양식이다

멀미 운운하는 반거충이들은
극(極)을 경험하지 못한 것이다

다루기 손쉬운 개량종 장미 앞에서
문장의 희귀종을 찾는다

행인들은 서로가 카메라 먼저 들이댄다
장미를 몰라서 제 배경으로 삼는다

습작생은 첫 줄부터 막막해한다
욕심으로 저지르고 후회한다

장미를 알 것 같으니까
결구(結句)에 웅크린 불면부터 두려운 것이다

늦깎이

어디에 앉혀놔도 등신이었지만
시라는 거울 앞에 서면
척추가 휘어진다

초대장도 없이 잔치 구경 간 실업자같이
기웃거리는 습성을 대인 관계라 착각했다

사람을 넓혀야 한다고 욕심부리다가
기념사진의 병풍 노릇까지 해봤다

감기 걸렸다고 이불이나 탓하는 얼뜨기여서
타인의 재능을 노력으로 메우려 헛발질했다

비굴은 치욕을 성형한 생필품

재촉하는 이 없는데 결승선 같은 것 없는데
지각한다는 느낌에 시달렸다

알았던 노래의 2절처럼
모임마다 가벼운 낯설음으로 채워졌다

웃더라도 타인들이 내 행복을 시기하지 못하도록
최초의 미소를 만들고 싶다

아무도 모르는 웃음소리를 내보고 싶다

등신이라며 자책했다
또다른 등신들을 보는 눈이 생겨서 안도했다
타인의 불행을 과장해서 내 불행을 지우는
비법도 알게 되었다

거듭하다보면 슬픔도 태도가 된다

귀촌

오후 네시의 햇살은 손이 느리다
옆집 숟가락까지 챙기는 산촌의 오지랖처럼
호박이며 무와 가지까지 매만진다
당신은 등 돌리고 앉아 오가리들과 자분자분
비밀이라도 있는 듯 들췄다가
남이 들을까 가만히 덮고
여고 동창생 표정으로 내가 모를 것을 나눈다
겉마르기 전에는 탱탱했으니
사소한 것들도 화려했던 날은 있는 것이다

마음 단단히 먹어야 귀촌한다고 우쭐대면서
진지한 척 머리로만 예행했다
조붓한 당신 뒷모습을 콩밭에 앉혀놨다가
주방으로 가는 걸음걸이를
파스 사러 읍내 나가는 길 위에 올려본다
서울 새댁 곱다느니 머리숱도 많다느니
허리 굽은 인사말을 붙이며 노인네들도 동행하겠지
읍내 나갔으니 중국집까지 들르겠지

아내는 콩밭에 앉히고 심부름이나 시키고
녹슨 보습만큼 게으른 나는
밭고랑과 씨름하다가 삽자루 팽개치고 씩씩거리겠지
멀찍이서 구경하는 이장에게 너스레나 떨겠지

군대에서도 삽질은 잘했는데
돌밭이라 삽이 먹히지 않는다고
도시에서 남용했던 핑계를 꺼내겠지
결음 느린 햇살 아래 손부채질을 해대겠지

퇴원

사내의 입가를 닦는 여인
칼국수는 후루룩거리며 귀로도 음미해야 제맛인데
달그락거릴 뿐 조용조용합니다 매운 것 못 먹는지
고춧가루 없는 쪽으로 김치를 건네줍니다
행색은 멀쩡한데 사정이 있다 싶습니다
사내 등이 출렁거립니다
나이도 제법으로 뵈는데 등신같이 울먹입니다

물도 없는데 얼른 물 가지러 가는
해쓱한 종아리

눈빛하며 핏기 없는 볼하며
오누이인 양 닮았으니 부부입니다
만두 추가했고 공깃밥 뺐다는데 셈이 느린 걸 보니
92뇌병동에서 퇴원했나봅니다
병원 앞 국숫집이라
얼굴만 봐도 어디가 아픈지 관상으로는 의사 수준입니다
사내는 내상이 깊어 보입니다
절반이나 남겼기에 정리하러 갔는데
두 사람 앉았던 방석의 우묵한 자국이
천천히 평탄하게 돌아오고 있었습니다

해설

부서져 열린 자의 삶과 사랑

김수이(문학평론가)

"한계가 없는 것은 죽음이 아니라 삶일지도 모른다". 질병에 초토화된 죽음의 시대에도 '삶의 시간'은 한계를 모르고 유유히 흘렀노라고, 한 인간의 "꺾을 수 없는 힘"과 "용감무쌍한 사랑"이 그것을 가능하게 했노라고 마르케스는 말한다.* 속수무책으로 질병에 휩쓸릴 때, 인간은 자신의 한계와 문제점을 불현듯, 두려움 속에, 적나라하게 마주한다. 수많은 인간이 모여 만들어온 세계도 예외가 아니다. 질병은 인간이 허물어지기 쉬운 육체를 지닌 존재임을 깨닫게 하는 냉정한 교사이자, 한 시대와 사회의 어두운 실상을 비추는 고성능의 투명한 거울이다. 질병은 한 인간은 물론, 인간이 만든 세계 전체로 하여금 자신의 '한계'와 '취약성'에 직면하게 하는 총체적이고 근본적인 사건인 것이다.

그러나 질병은 한계와 한계 없음, 취약성과 위대함, 절망과 희망, 증오와 사랑 등의 혼란스러운 분출 속에서, 인간이 자신의 삶과 세계 전체를 재구성할 수 있는 가능성의 시간이기도 하다. 전영관의 새 시집 『슬픔도 태도가 된다』가 탐구하는 바는 이러한 '삶의 파열과 축복의 동시적 역설'에 관한 것이다. "맥락 없는 우환"(「현금 인출기」)의 "후일담"(「정전」)인 이 시집에서 전영관은, 한 인간을 급습한 '질병이라는 재난'을 통과하는 것이 어떤 일이며 의미인가

* 가브리엘 G. 마르케스, 송병선 옮김, 『콜레라 시대의 사랑 2』, 민음사, 2004, 331쪽.

를 서술한다. 질병의 시간을 이야기하는 사람은 일단 살아남은 자이다. 그는 삶의 사소한 것들도 낯선 찬탄의 시선으로 바라보며, 재난의 후일담이 '여분의 삶'에 속한 것이 아니라 '삶의 더 깊은 부분'에 속한 것임을 담담히 증언한다. "거듭하다보면 슬픔도 태도가 된다"라고 그는 쓴다. 슬픔의 삶의 태도를 지닌 자에게 '오늘 하루'는 "최초의 미소를 만들고 싶"은 소망과 함께 새로운 숨결로 도착한다.(「늦깎이」) 이 시집은 그 미소들이 삶의 곳곳에 가득함을 조금 늦게 발견한 자의 회한과 감사로 채워져 있다. 그러고 보면, 삶과 나 사이에 아무것도 없는, 지금-여기에 온전히 살아있기에 좋은 삶의 시제는 '조금 늦게'가 아닐는지.

조금 늦게, 나는 비로소 삶을 남김없이 껴안기 시작한다. 조금 늦게, 나는 비로소 당신에게 도착하고, 당신과 함께 숨을 쉬고 밥을 먹고 세상을 걷는다. 조금 늦게, 바로 지금 여기에서, 당신과 함께.

> 무나물을 하려는지 청록색 냄새가 거실까지 엎질러진다 기름 튀는 소리와 들깨 한 되가 쏟아지고 통통거린다 뚜껑 열고 소금을 넣는지 콩나물 비린내가 밀물로 들어찼다가 물러선다 칼소리가 도마 위에서 기차와 경주하듯 달음질해댄다 배추 대가리 썰어내는 소리에 고드름 여럿이 부러져 봄이 온다
>
> —「무임승차」 부분

부엌에서 번져오는 무나물을 볶고 콩나물을 삶는 냄새, 기차와 경주하듯 도마에 칼질하는 소리에 겨울이 물러가고 봄이 온다. 거실에 앉아 이 평범한 일상을 마음을 다해 묘사하는 이는 전생을 지나 후생을 살아가는 자다. 병으로 쓰러져 죽음에 잠시 속했다가 기적적으로 시작된 후생. '이번 생의 두번째 삶'이자 '삶 이후의 삶'은 내가 삶을 수락하기 전에 삶이 나를 허락했기에 가능해졌다.

그런데 "눈물 많은 전생을 돌아온 사람"(「초대」)에게 더 바랄 것이 없는 최상의 삶은 특별하고 위대한 무엇이 아니다. 매일 반복되는, 부엌에서 아내가 밥을 짓고 아내와 함께 그 밥을 먹는 무덤덤한 일상이다. 삶은 지금 이렇게, 같은 풍경의 반복 자체로 더없이 충만하다. 전생에는 알지 못했던 삶의 너그러운 은총이다. "아내의 저녁 준비 속도에서 살림이 늘던 때를 생각한다/ 거쳐온 모퉁이들을 돌아본다/ 영혼에게 안부 건네듯 겸상하며/ 평생의 허기를 채우듯 서로를 먹인다// 이미 다 들어찬 어둠을 슬퍼하진 않는다"(「겸상」). 더할 것도 덜어낼 것도 없이 지금 이대로를 받아들이는 마음. "건강할 때는 사소하다 흘려버렸던/ 사소한 것들의 목록을 되찾고 싶"은 바람이, "연명치료를 거부하는 초월을 터득하고 싶"은 소망으로 변주되는 것도 이 어름이다.(「수면유도제」)

그러나 예전과 달리 후생의 '나'는 자신이 밥을 짓는 아내의 노동에 무임승차하고 있으며, 다가오는 봄의 생명력에도 무임승차하고 있음을 깨닫는다. 하루하루의 삶이 당연한 것이 아닌 귀한 특권임을 알게 한 질병의 시간이 이 생각을 싹트게 했을 것이다. 병은 참혹한 시련으로 찾아와, 삶을 통째로 다시 바라보게 하면서 '나'라는 존재를 다시 태어나게 만든다. "보잘것없는 것들이나 차지하려고 악력을 키웠"(「정선 몰운대」)던 지난날의 어리석음이 보이고, 누리고 있는 줄도 몰랐던 일상의 세목들이 하나하나 각별하게 다가온다. 질병이 한 인간을 재탄생하게 하는 축복의 통로라고 해도 지나치지 않을 대목이다. "나와 같은 자리가 아픈 사람을 불러다가/ 콩나물국에 밥 먹이고 싶다/ 김치 얹어주고 싶다".(「초대」) 동병상련의 모르는 타인을 향한 애틋한 마음도 후생의 '나'가 갖게 된 진하디진한 실감(實感)이다. 그중에서도 "새로 보이"는 존재는 가장 가까운 거리에 있어 정작 보지 못했던 가족이다. 각기 "제 눈물에 잠겨 있"으나, 서로 "눈만 마주쳐도 울음이 흥건해지는" 아내와 아들들.

이러시면 큰일난다고 울먹이는 막내
링거 자국 어지러운 아비의 팔을 잡아 흔든다
장남은 바위라도 깨버릴 듯
주먹 쥔 채 돌아선 등이 출렁거린다
응급실에 실려간 이후로 처음 피운 담배 연기가

등신, 네 갈망은 원래 이런 맛이었다며 비웃는다
입원 한 달 만의 외출에 저지른 짓이
별일 없다고, 이번만 꼭 한 번이라고
담배를 피워버린 것

돌벅수만큼 든든한 아들들은 제 눈물에 잠겨 있다
눈만 마주쳐도 울음이 흥건해지는 아비에게
아들 둘과 아내가 새로 보였다

—「풍문」 부분

새로 시작된 후생의 삶은 이전의 삶과 완전히 결별하는 것을 의미하지 않는다. 그렇게 사는 일이 꼭 필요한 것도 아닐 터이다. 간신히 소생하여 입원 한 달 만의 외출에 '나'가 처음 한 일은 흡연의 욕망에 굴복한 것이다. "응급실에 실려간 이후로 처음 피운 담배 연기가/ 등신, 네 갈망은 원래 이런 맛이었다며 비웃는다". 병든 몸으로 피우는 담배는 쓰라린 자괴감을 불러일으키면서도, '나'의 담배 한 모금에도 눈물이 솟는 아들 둘과 아내가 "새로 보이"게 만든다. 저마다 그리고 함께 눈물에 잠기는 가족은 지금 '눈물의 공동체'를 이루고 있다. 더없이 소중한 서로에 대한 애정과 연민, 안도감과 걱정이 교차하는 '흥건한 울음'의 때에 가족들은 각자-함께 존재의 심연까지 출렁거린다. 그런데 내가 응급실에 실려간 후 한 달 만에 처음 한 '흡연'은 병의 공포에도 통제하지 못한 욕망의 발산인 동시에, 회복과 안도감의 표출이기도 하다. 아이러니하게도 "우리의 안정감이란/ 불이 들어오고 있던 것들이 제자리에 있을 때/ 스치는 실망 같은 것"(「정전」)이라고 전영관은 간파한다. 그토록 바란 무사(無事)와 무탈(無頉)을 일종의 실망감으로 감각하는 인간의 이중성을 전영관은 자기 자신에게서 다음과 같이 발견하고 진술한다.

완치는 없다 한다

발음은 반듯해지고 걸음까지 정상이라 대답했다
파르티잔 전법으로 시도 때도 없이
마비 후유증에게 습격당하는 왼쪽 몸이
난감할 뿐이라고 웃었다 불안을 감췄다
말끔하게 병을 씻어낸다는 완치는 없고
근처까지는 도달한다는 뜻으로 근치(近治)라고
의사는 항우울제 같은 미소를 내민다
선생님 혹시, 애착을 아시느냐고 물을 뻔했다
도무지 닿지 못할 것만 같은 사람을 향해
무작정 출항하던 청춘의 새벽을 기억하느냐고
낭만을 비웃을 뻔했다
액자에 넣어두고 싶었던 밤을 후회한 적 있느냐며
그런 상처야말로 완치가 아니라 근치일 거라고 동의했다

사람마다 서로 다른 근육이 마비로 남은 탓인지
92병동의 뇌손상 환자들 표정은 제각각이다
인지가 살아난 그들의 표정은
망가진 육신에 슬픔이 도착하면서 모두 비슷해진다
근치 판정까지 받은 나는 왜 그들과 흡사한 표정인지
도무지 도달하지 못할 것만 같은 완치는 어디인지
가만가만 왼손을 만져보는 것이다

—「가까이」 전문

후생이 '나'에게 허락한 것은 병이 깨끗이 나은 완치가 아닌, 완치의 근처까지만 도달한 '근치(近治)'이다. "우뇌는 괴사하고/ 살아남은 좌뇌 하나로 버티느라/ 치사량의 현기증을 혼자 앓았"(「제야(除夜)」)던 '나'는 이제 발음도 걸음도 정상이지만, 불시에 습격해오는 마비 후유증에는 속수무책이다. 뇌손상 환자들은 표정이 제각각이다가 인지가 살아나 "망가진 육신에 슬픔이 도착하면서 모두 비슷해지"는데, 근치의 '나'는 자신의 표정이 "그들과 흡사한" 것을 알고 좌절한다. 동병의 환우에 대한 측은지심이 순식간에 차이의 열망으로 바뀌는 순간이다. 같은 병을 앓는 이들을 깊이 연민하면서도, 그들과 확연히 달라진 완치를 열망하는 것은 인간의 자연스러운 생존본능일 것이다. 마비와 완치 사이에서 흔들리는 '근치'의 현재를, "도무지 도달하지 못할 것만 같은 완치는 어디인지/ 가만가만 왼손을 만져보는 것"으로 '나'는 묵묵히 다스려본다.

'근치' 상태로 살아가는 후생의 삶에서 몸의 통증과 마음의 공황은 매일 겪는 일상이 된다. "무시로 엄습하는 결림"(「기도」), "상심의 화농들"(「내린천」), "의지로는 멈출 수 없는 감정들"(「비 오면 누구라도」), "덮어지지도 않고/ 잠들지도 못하"는 '불행'(「후유증」), "갈망의 합병증"인 '불안'과 두려움(「대관령」), "해피엔딩을 갈망하면서" 곱씹는 '불운'(「파편들」) 등을 대책 없이 앓아야 하는 일상은 아무리 해도 익숙해질 수 없는 것이다. 익숙해지는 것이 있다면 그것은 차라리, 한바탕 고통의 소용돌이 뒤에 약간의 시차를 두고 필사적으로 만들어내는 성찰과 자기 격려의 언어들이다. "삶의 자세를 바꾸면 아프다는 뜻"이고, "실망에 실망하지 말아야 하"(「회진」)는 삶은 본디 "구석마다 실망의 잔재들이 웅크려 있"는 것이며(「일요일」), "인간이니까/ 이토록 기대감을 버리지 못하는" 것인데 아이러니하게도 "인간은/ 노력하면 노력할수록 방황하는 존재"(「첫」)라는 것 등등.

이 삶의 기술들을 아무리 발휘해도 마지막에 직면하는 두려움은, "손금의 지류들을 타고 흐르듯" "최선을 다해 오는", "잡아줄 사람조차 없어 손이 어"두운 고통의 시간들은 피할 수 없이 완벽하게 '나'만의 것이라는 사실이다.(「여덟시」)

겨울이 긴 나라의 국경 상점에서
작은 칼을 샀다
끊어버릴 사람도 없으면서

(……)

빙하는 일체의 소리들이 엎드린 장관
행락객으로 무리 지어 갔는데 칼날 같은 혼자를 느꼈다
—「근황」 부분

"일체의 소리들이 엎드린 장관"인 빙하 앞에서 '나'는 "칼날 같은 혼자"를 느낀다. 먼 이국에서 날카롭게 확인한 '혼자'의 실존 감각은 생로병사의 '몸'에서 분출한 것이라고 할 수 있다. 무거운 병을 앓아본 사람만이 뼈저리게 절감할 수 있는 백척간두의 감각. 각기 홀로 태어나고 늙고 병들어 죽는 인간 존재의 단독성을 거대한 빙하 앞에서, 그 빙하를 아름다운 경치로 즐기는 행락객들 속에서 오롯이 직면하는 참혹. 병들어 지독한 통증과 죽음의 공포에 시달릴 때, 인간은 누구나 끔찍한 방식으로 혼자가 된다. 평생 배우고 쌓아온 온갖 지혜와 방편들도 한순간에 공허한 관념으로 화한다. 전영관은 자신이 겪은 병의 고통을 극적으로 재현하기보다는, 이처럼 자연의 풍경을 통해 우회적으로 드러내거나, 같은 병을 앓는 타인의 극심한 고통을 다독이고 어루만지듯 천천히 필사하는 쪽을 택한다. 먼저, 전자의 예. “생이 버거우면 하늘을 보지 않는다”(「구름 감별사」). “내 안의 꽃이 다 지고 난 후에야/ 비로소 꽃이 보인다// 만발해 너울거리는 자태보다/ 잔바람에 떨어져 낡아가는 꽃잎들이 먼저 보인다”(「나무에 걸린 은유」). 상승을 위한 생의 질주를 멈춘 후에 비로소 보이는 꽃은 활짝 핀 절정의 꽃이 아니라, “잔바람에 떨어져 낡아가는 꽃잎들”이다. 실체 없는 허상의 욕망으로 만발하던 “내 안의 꽃이 다 지고 난 후에야” 보이는 꽃잎들은 ‘나’처럼 하강과 낡음(늙음)의 시간을 통과하고 있다. 생이 버거워 하늘을 보지 않은 후에 보게 된 존재의 실상이며 자연의 섭리라고 할 수 있다.

후자를 대표하는 작품은 이번 시집에서 가장 처절한 감동을 안겨주는 시 「섬망」이다. 시인은 뇌경색으로 투병하는 ‘혜운 스님’의 극심한 고통의 현장을 경전을 필사하듯 한 줄 한 줄 써내려간다.

병실에서 법고가 운다
북채의 타격음이 아니라 채로 길게 문지르는 소리
평생 독경으로 무두질했을 견고한 소리
간병인이 물수건으로 몸을 닦을 때
아프다고 터져나오는 소리
절에서 왔다는 혜운 스님이 운다
병들지 않았다면 음성도 우렁우렁할 스님

차가움과 뜨거움을 통증으로 착각하는 내 왼손처럼
물수건 닿는 자리마다 낯선 감각일 테지
거죽을 벗기는 듯 쓰라리고 화끈거리겠지
울음소리가 새벽의 바닥을 기어간다
통증은 언어 바깥의 것이다 알아듣지 못할 대화를
간병인과 나눈다 통증에 막다른 골목으로 몰렸나 싶으면
엄마……
엄마……
불경 필사를 했어도 절반은 마쳤을 노승께서
아미타불 대신에 엄마, 엄마를 부른다
부처는 넓고 크고 엄마는 깊고 질기다고 되뇌며
젖은 베개를 베고 돌아눕는다
아득한 소리를 따라 부른다

—「섬망」 전문

병실에서 우는 법고, 즉 혜운 스님의 울음은 "평생 독경으로 무두질했을 견고한 소리"이자, 그 소리를 단숨에 뚫고 "아프다고 터져나오는 소리"이다. "간병인이 물수건으로 몸을 닦"는 것도 견딜 수 없어 "아미타불 대신 엄마, 엄마를 부르"며 울부짖는 노승은 지금, 고통받는 몸 이상도 이하도 아니다. "통증은 언어 바깥의 것"이고, "부처는 넓고 크고 엄마는 깊고 질기다"라는 설명도 사족 이상일 수 없다. 혜운 스님의 "울음소리가 새벽의 바닥을 기어가"는 고통의 현장을 전영관은 타자의 시선으로 바라본다. 더 정확히는, 한 인간을 무력화하는 고통 앞에 다른 인간은 끝내 타자일 수밖에 없는 슬픔을 감내한다. 평생을 수행한 노승조차도 "거죽을 벗기는 듯 쓰라리고 화끈거리"는 고통에 "엄마…… 엄마……"를 부르는 이곳. 전영관은 고통받는 타자 옆에 함께 있으면서, 타자의 고통을 역시 같은 아픔을 겪은 자신의 몸의 감각으로 따라간다. "낯선 감각"에 전율하는 노승의 가혹한 순간들을 "차가움과 뜨거움을 통증으로 착각하는 내 왼손"의 감각으로 상상하고, 끝내 공유할 수 없는 타자의 고통과 죽음을 섣부른 공감 없이 천천히 받아쓰는 것이다.

파머에 의하면, "고통은 죽음이 아닌 생명을 가져다주는 무엇인가로도 변형될 수 있"는데, 고통으로 인해 사람들은 "더 성숙하고 자비로워"지고, "타인의 슬픔과 기쁨에 더 마음을 쓸 수 있는 역량이 생기"기 때문이다. 파머는 이들을 '마음이 부서져 열린' 사람들, "수류탄의 파편이 아닌 더 큰 사랑의 능력으로 부서"져 열린 사람들이라고 부른다.* 전영관 자신을 비롯해 이 시집에 등장하는 인물들은 마음이 무너져 열린 자들로, 이 시집에 흐르는 온기는 이들이 지닌 "부서진 온전함"**에 기인한다. 전영관은 '근치의 몸'에 대

---

* 파커 J. 파머, 『모든 것의 가장자리에서』, 김찬호 · 정하린 옮김, 글항아리, 2018, 77쪽.

** 같은 책, 69쪽.

한 생각들을, '존재와 삶이라는 근치'에 대한 사유로 변주한다. 전영관이 받은 의학적 판정인 '근치'란 사실, 존재론적 차원에서는 '부서진 온전함'에 다름 아니다. 생로병사중에 있는 인간의 심신은 의학적으로 정상과 완치의 기준을 충족하더라도 '근치'의 상태를 벗어나기 어렵다. 완전무결한 육체와 정신을 가진 사람은 없으며, 살아가는 동안 인간의 심신은 크고 작은 병과 상처에 노출되어 어딘가는 훼손되어 있다. '근치'는 인간 존재의 숙명이자 삶의 속성이며, 사랑의 조건이라고 해도 과언이 아니다. 근치의 인간은 자주 삐걱거리고 침몰하는 심신의 균열을 통해 타자와 만날 가능성을 획득한다. 불완전한 건강 상태인 '근치'는 오히려 '삶'과 '사랑'을 추동하는 역설적인 추진력이 되는 것이다. 전영관은 말한다. 고통과 두려움에 수시로 습격당하는 투병을 통해 "폐허를 경유한 사람"만이 아는 "수궁의 기술"을 배웠노라고.(「한파주의보」) "결국, 사랑은 자기와 다른 것들을 다루는 솜씨"임을 터득했노라고.(「독바위역」) 그가 몸이 아픈 사람에게 탕약을 지어 보내며 첨부한 처방전은 이 넉넉한 수궁과 사랑의 예를 보여준다. "처방 넷 : 봄바람을 채집해 결이 고운 쪽으로 넣었고 붉은 구름을 잘게 썰어 섞었습니다 고운 빛 덕분에 마시기에 수월할 겁니다".(「처방전」)

전영관의 이번 시집에서 마음이 부서져 열린 자들의 '수궁'과 '사랑'은 대체로 '소박한 가족의 서사'에서 빛을 발한다. 이 가족들은 질병과 가난 속에서도 '부서진 온전함'을 발휘하며, 삼인칭으로 서술될 때도 전영관의 개인사와 분리되어 읽히지 않는다. 가령, "공깃밥 나눠 먹고 배가 부른 건지 마음이 푸근했는지/ 맵찬 저녁 바람에도 싱글벙글 들어선 찜질방"에서 "아들이 비루먹은 사내의 등을 밀어주는 장면"(「명랑극장」)은, "비루먹은 사내"로 지칭된 아버지에 시인의 모습이 겹쳐지는 가운데, 사소한 일상을 넘치는 기쁨으로 바꾸는 사랑의 힘을 보여준다. 그러나 '부서진 온전함'이 즐겁고 행복한 사랑의 풍경만을 연출하는 것은 아니다.

사내의 입가를 닦는 여인
칼국수는 후루룩거리며 귀로도 음미해야 제맛인데
달그락거릴 뿐 조용조용합니다 매운 것 못 먹는지
고춧가루 없는 쪽으로 김치를 건네줍니다
행색은 멀쩡한데 사정이 있다 싶습니다
사내 등이 출렁거립니다
나이도 제법으로 뵈는데 등신같이 울먹입니다

물도 없는데 얼른 물 가질러 가는
해쓱한 종아리

눈빛하며 핏기 없는 볼하며
오누이인 양 닮았으니 부부입니다

만두 추가했고 공깃밥 뺐다는데 셈이 느린 걸 보니
92뇌병동에서 퇴원했나봅니다
병원 앞 국숫집이라
얼굴만 봐도 어디가 아픈지 관상으로는 의사 수준입니다
사내는 내상이 깊어 보입니다
절반이나 남겼기에 정리하러 갔는데
두 사람 앉았던 방석의 우묵한 자국이
천천히 평탄하게 돌아오고 있었습니다

—「퇴원」 전문

오누이처럼 닮은 부부가 칼국수를 먹는다. 여인은 곰살궂게 사내의 수발을 들고, 그 손길에 사내는 "등이 출렁거리"며 "등신같이 울먹인"다. 92뇌병동에서 퇴원한 듯 보이는 사내와 여인이 밥을 먹는 모습에는 이들의 시련이 고스란히 농축되어 있다. 칼국수로 상징된 단출한 생계, "눈빛하며 핏기 없는 볼"이 닮은 부부, "내상이 깊어 보이"는 사내, 손상되어 셈이 느린 지력(智力), 잘 먹지 못해 절반이나 남긴 음식 등. 시는 마지막 부분에서 "두 사람 앉았던 방석의 우묵한 자국이/ 천천히 평탄하게 돌아오"는 것으로 이들의 앞날에 희망을 새겨넣는다. 전영관이 이 시의 '여인'과 꼭 닮은 자신의 아내와 함께 상상하는 삶의 미래가 그 자리에 포개진다.

동그란 뒷모습에서 태산의 바위를 느낀다
핏기 없는 미소에서 천 길 벼랑이 보인다
주방을 오가는 종종걸음에서 맨발로 걸어온 구만리도 보인다
당신을 문장의 중심에 모신다
고마웠노라 다짐해보면, 후회는 매번 앞질러 온다
행여라도 장병으로 누우면
간병인은 자처할 테니 염려 말라고 손을 쥔다
바보 같아 울대를 막는 나만의 당신
내 아내

—「새해라서 당신」 부분

섬에서 일 년만 살아보자던 약속을 했었다

(……)

우리는 시간에 흔들려도 떠밀리지 않는 해조류로 요양하겠지
당신은 아침마다 마당에 그득한 해무를 사발로 퍼내어
청포묵 무침을 내놓는 마법을 부리고
우리 고래 뱃속에 손잡고 누운 듯
어둠과 적막을 오래 살던 집으로 착각하곤 하겠지

—「요양」 부분

이 사랑의 말들은 '사랑'이라는 단어를 굳이 필요로 하지 않는다. 태산, 핏기 없는 미소, 맨발, 간병인, 해무, 청포묵 무침, 어둠, 적막 등은 '사랑'을 대신하면서 후회와 고마움 "그득한" 사랑의 말들을 이룬다. 질병이 어떻게 죽음을 삶으로 바꾸는지, 몸과 마음이 부서진 자들이 어떻게 서로를 살아 있게 하고 살아가게 하는지에 대한 가능하고 유일한 대답일 '사랑'. "갑작스런 아픔을 느낄 때 경악의 외침이 터진다. (……) 인간은 그런 외침 속에서 살아 있는 죽음을 죽는다. 종종 인간은 외침에서 빠져나오는 데 성공하기도 한다. 그리하여 자기 스스로와 삶을 되찾는다."* 막스 피카르트는 고통과 인간, 삶의 미묘한 변주와 협력 관계에 대해 이렇게 통찰한 바 있다. 전영관의 시는 그 이탈의 비법이 사랑이며, 사랑이야말로 자기 스스로와 삶을 되찾는 길이라고 덧붙이는 듯하다.

* 막스 피카르트, 『인간과 말』, 배수아 옮김, 봄날의책, 2013, 57쪽.

전영관 2011년『작가세계』를 통해 등단했다. 시집으로『바람의 전입신고』『부르면 제일 먼저 돌아보는』, 산문집으로『좋은 말』『슬퍼할 권리』가 있다.

문학동네시인선 141
슬픔도 태도가 된다

1판 1쇄 2020년 6월 29일
1판 2쇄 2020년 7월 28일

지은이 | 전영관
펴낸이 | 염현숙
책임편집 | 강윤정
편집 | 김영수 김민정 이재현
디자인 | 수류산방(樹流山房) 본문 디자인 | 유현아
마케팅 | 정민호 박보람 우상욱 안남영
홍보 | 김희숙 김상만 지문희 우상희 김현지
제작 | 강신은 김동욱 임현식
제작처 | 영신사

펴낸곳 | (주)문학동네
출판등록 | 1993년 10월 22일 제406-2003-000045호
주소 | 10881 경기도 파주시 회동길 210
전자우편 | editor@munhak.com
대표전화 | 031) 955-8888 팩스 | 031) 955-8855
문의전화 | 031) 955-3576(마케팅), 031) 955-2678(편집)
문학동네카페 | http://cafe.naver.com/mhdn
북클럽문학동네 | http://bookclubmunhak.com

ISBN 978-89-546-7299-3 03810

* 이 도서의 국립중앙도서관 출판예정도서목록(CIP)은 서지정보유통지원시스템 홈페이지(http://seoji.nl.go.kr)와 국가자료종합목록 구축시스템(http://kolis-net.nl.go.kr)에서 이용하실 수 있습니다.(CIP 제어번호 : CIP2020024934)
* 이 도서는 2019년도 아르코문학창작기금 지원사업에 선정되어 발간된 작품입니다.

잘못된 책은 구입하신 서점에서 교환해드립니다.
기타 교환 문의: 031) 955-2661, 3580

www.munhak.com

문학동네